eromanga sensei

情色漫畫老師

伏見つかさ
插畫◆かんざきひろ

4

Kadokawa Fantastic Novels

contents

Eromanga Sensei
Characters
情色漫畫老師
登場角色
Masamune Izumi
和泉正宗
一邊上高中一邊從事小說家的工作。筆名是和泉征宗。有個家裡蹲的妹妹。
Sagiri Izumi
和泉紗霧
與正宗沒有血緣關係的妹妹。雖然是個重度的家裡蹲，但目前以情色漫畫老師這個筆名從事插畫家的工作。喜歡畫色色的圖。
和泉家的鄰居。隸屬於與正宗不同的出版社，活躍中的超暢銷作家，自稱大小說家。
Elf Yamada
山田妖精（筆名）
Mu
與正宗在
年輕前輩
書迷，連
網路小說
紗霧的同
強的超級
Megu
正宗的
店員。
正宗
雖然
作品
點可
A
Kagu
神樂

eromanga sensei 4 情色漫畫老師

情色漫畫老師VS情色漫畫老師G

eromanga sensei VS eromanga sensei G

情色漫畫兄妹

和泉正宗「我們的**目標**是**巔峰**——對吧，

情色漫畫**老師**？」

和泉紗霧「……那、那麼羞**恥**的隊伍**名**稱，

人家才不知道。」

無法預測有何

驚人之舉——

最危險的兄

amasa Senjyu
壽村征（筆名）
一個出版社活動的
家。是正宗的超級
正式出道前所寫的
全都保存起來了。
同學。人際關係最
長，紗霧的天敵。
i Jinno
野惠
Tomoe
Takasago
高砂智惠
學，「高砂書店」的招牌女
道正宗職業的異性朋友。
們的責任編輯。
上握有許多暢銷
但總讓人覺得有
。
ame
azaka
坂菖蒲
Ame
Arm
亞美
愛爾
Personal Data
筆名：愛爾咪
年齡：？
血型：A型
興趣：旅行　插畫　所有運動
還有其他各種興趣
負責山田妖精小說插圖的插畫家。
是妖精的童年玩伴，
兩人感情十分要好。
不只是插畫，在漫畫、繪畫還有其他
各種領域都十分活躍，被稱為什麼都能
畫的「萬能繪師」。

Eromanga sensei Great
情色漫畫老師G（筆名）
Personal Data
年齡：？
血型：？
興趣：？
自稱是「正牌」
情色漫畫老師的
高超插畫家。
真實身分
充滿了謎團。

萬的銷售實力
幻自在的技巧
能與之匹敵！
220萬本POWERS
山田妖精「幹勁MAX燃燒的本小姐
毫無死角可言。」
愛爾咪「不管何種類型的哪種圖
我都可以依照要求畫出來。」

eromanga sensei

情色漫畫老師

伏見つかさ

插畫◆かんざきひろ

4

Kadokawa Fantastic Novels

我是和泉正宗，是個一邊上學一邊從事小說撰寫工作的兼職作家。
筆名是和泉征宗，幾乎是本名。
因為各種理由，我跟家裡蹲的妹妹兩個人住在一起。
四月時，我知道了妹妹「隱藏起來的身分」。
我的妹妹紗霧——
就是為我的小說繪製插圖的插畫家「情色漫畫老師」！

嗯，還請允許我以這樣簡單的前情提要作開頭。
至今我述說過圍繞著「情色漫畫老師」的故事。
由和泉征宗編撰，關於世界上最可愛的「我的妹妹」的故事。
關於「我們的夢想」從誕生到成長茁壯的故事。
總是錯身而過的我們，一步一步地成為「兄妹」的故事。
然後這次——

就來說說關於「情色漫畫老師」這位插畫家的故事吧。

情 ero manga sensei 色 漫 畫 老 師
第一章

九月十二日。在「不敞開的房間」裡頭。

我們遇到自稱是「情色漫畫老師」的漆黑插畫家。

這房間裡頭有我、紗霧，另外還有穿著泳裝的村征學姊與妖精。

她們兩人被叫來當情色漫畫老師作畫用的模特兒。

雖然這副景象有點愚蠢，但這問題先擺到一旁。

重要的是位在房間角落的電腦螢幕。到剛才為止它都還在轉播情色漫畫老師的「繪圖影片」，但現在卻映出了一名神祕人物。

戴著像是在祭典上賣的動畫角色面具，還套上連帽外套的帽子，讓人摸不清他的性別。畫面那頭的房間不但很暗，再加上畫質不好所以無法判斷，但他看起來頗為瘦小。

因為那個外觀，對我們來說有著特別的意義存在。

——跟情色漫畫老師好像。

「不、不是我喔！」

當然，既然「本人」在這裡，畫面上的人物就不可能是情色漫畫老師。

接著，映在畫面上的「情色漫畫老師的複製品」雖然外觀跟情色漫畫老師很相似——但還是有微妙不同的部分。

他身上穿的連帽外套，以及臉上戴的動畫角色面具都是黑色的。

「喔，這玩意兒已經在播放了嗎——」

出現在畫面上的「那傢伙」用粗野的語氣講著。跟情色漫畫老師相同，是機械變換的聲音。

「那傢伙」臉上面具的角色，有如反派般露出大膽無畏的笑容。

完全就是符合那角色形象的說話方式。

「那傢伙」有如頑童般「咿嘻嘻」的笑著說：

「你有在看嗎，冒牌貨。」

「！」

我猛然看向妹妹的臉，因為這明顯是對「情色漫畫老師」說的話。紗霧因為震驚而瞪大雙眼。

「冒牌貨……是、是在說……我……嗎……？」

「沒錯，用『情色漫畫老師』這種筆名，畫著只有外表跟『正牌』相似的插畫的人，就是你這傢伙吧！」

是偶然嗎？帶著黑色面具的「那傢伙」彷彿直接看到紗霧的反應一樣，在完美的時間點回答。

「你給我聽好了——冒牌貨。」

他用大拇指指著自己的臉說：

「老子我才是『正牌』的『情色漫畫老師』啦！」

——故事，就從這裡開始。

現場一片寂靜。這個發展太過突然，讓我腦袋跟不上，只能整個人僵在原地。其他成員應該也一樣吧——我是這麼想的。

看來也有人不是這樣。

「？這個是怎麼辦到的？」

第一個作出反應的人不是我，不是紗霧，也不是妖精，而是村征學姊。

她不加思索地走向螢幕，把它拿起來上下左右翻轉，還觀看背面進行調查。

「畫面中突然有人對我們說話……看起來好像也聽得到這邊的聲音……難道說這就是所謂的『超級駭客』嗎？」

雖然語氣宛如連電視機都不知道的原始人，但這個人就算是這副德性，也是個對科學熟識到能寫出科幻作品的作家喔。

雖然不會用ＡＴＭ就是了。

「喂、喂喂，妳是怎樣啊！別人講到一半竟然跑來插嘴！」

畫面裡頭以情色漫畫老師自稱的「那傢伙」大喊著。

不過這個學姊是不可能懂得看氣氛的，她在超近距離下盯著螢幕說：

「喂！這個是怎麼辦到的！好帥氣，我想用來當小說的題材！快教我！」

「好好聽人講話啦！居然在房間裡穿情色的泳裝！變態喔！」

「不、不要提到泳裝的事情！這、這是有很重大的理由……！」

學姊變得滿臉通紅，用單手遮掩胸部——螢幕還差點掉下去。因為這位究極自我中心大人物的關係，嚴肅的氣氛就快要完全被破壞掉時，我注意到了。

「難道那傢伙能夠看見這邊嗎！」

「啊……」

紗霧因為我的聲音而警覺，於是慌忙地戴上面具想遮掩原本的面貌——雖然可能已經太遲了。

妹妹的真實身分可能已經暴露給來路不明的人知道，我的警戒心更加強烈。

「這個嘛——是怎麼樣呢。」

漆黑插畫家開始想隱瞞。

「你說你才是『正牌』的情色漫畫老師？這到底是怎麼回事！」

妖精像是在演戲般大喊，強硬地把話題轉回來。

「怎麼回事？就是這個意思啊——在那邊的『情色漫畫老師』是冒牌貨，老子我才是正牌的『情色漫畫老師』啦！」

「…………………」

紗霧——情色漫畫老師她直直地盯著螢幕。因為戴著面具，所以無法窺探她的表情。

我再度面向螢幕，憤怒地指著對方。

「你、你才是冒牌貨吧！一直以來，為我的小說繪製插畫的人——絕對不是你！」

從紗霧筆下誕生出又色又可愛插畫的那一刻，我可是有親眼目睹。

那個時候也是，還有那時候也一樣，就連今天——也是為了「兩人的夢想」而在畫圖。

這樣的「情色漫畫老師」怎麼可能會是冒牌貨。

妖精也以傲慢的語氣說：

「就是啊！讓本小姐一見鍾情，畫出又色又可愛插畫的人，是在這裡的情色漫畫老師沒錯！再說經由出版社接洽工作的插畫家卻是冒牌貨，這根本無法成立！」

既然是跟出版社接洽工作，那麼客戶對於情色漫畫老師的聯絡方式、身分一定都很清楚。就算有情色漫畫老師的冒牌貨出現，也會立刻知道那是別人——跟現在一樣。

妖精所說的話，就是這個意思。

村征學姊也很理所當然地說：

「嗯，在這邊的才是『正牌』的情色漫畫老師。如果不是這樣的話，征宗學弟早就是屬於我的了。」

——才不給妳！

當時如果紗霧沒有下樓來的話，說不定我現在已經成為千壽村征的「專屬小說家」了。

看來學姊似乎毫無根據，就確信情色漫畫老師是正牌的了。

我也有同感。

「老子我不是在講那種事情啦。」

映在螢幕上的「黑色情色漫畫老師」似乎有點厭煩地搖搖頭。

「現在使用『情色漫畫老師』這筆名接洽插畫工作的人，的確就是那邊那個傢伙，這點你們說得沒錯啦。但是老子我說的才不是那種事情。」

「那是怎麼回事？」

「過去……有個名叫『情色漫畫老師』……一個真的非常厲害的插畫家，雖然現在已經沒有進行活動了。」

「！」

「也就是所謂的初代『情色漫畫老師』吧。然後——」

唰。他彎曲手指，指向紗霧。

「那傢伙就是『第二代』啦。」

紗霧是……情色漫畫老師的——第二代？

「……………」

關於「情色漫畫老師」這個不符合紗霧性格的筆名，我曾經好幾次抱持著疑問。

這個理由……是因為這並不是她自己取的筆名嗎？

而是從初代「情色漫畫老師」繼承而來的關係？

……不禁能夠理解了。

我往紗霧偷瞄一眼。

「……紗……」

原本打算出聲喊她，但中途就停止了。

到剛才為止都還很動搖的妹妹，現在釋放出無形的壓力。

她以跟平常一樣的機械聲音——也就是情色漫畫老師的聲音說：

「你是什麼人？」

戴著面具的兩人開始對峙，互相瞪著對方。

氣氛漸漸變得緊繃——雙方視線的中心點，彷彿要迸出火花。

「為什麼——你會知道這件事？」

這次比較接近本人講話的語氣。

稍微停頓一下之後，對方回答：

「初代『情色漫畫老師』是教導老子我繪畫的師父。所以關於『妳的真實身分』，我也很清楚。」

「————」

紗霧的肩膀一震，我也瞪大眼睛。

如果這句話是真的——

這傢伙知道我的搭檔「情色漫畫老師」就是「紗霧」這件事？

「也就是說老子我才是繼承初代『情色漫畫老師』技巧的唯一正統繼承人。」

「……正統……繼承人？」

紗霧低聲說著。

「沒錯，而且是唯一的。」

黑色面具的插畫家重複說著這句話，接著再次指著自己的臉……

「所以……說得也是。老子我不是現在正在活動的冒牌貨，而是代表著『正牌』的情色漫畫老師——」

「就叫我『情色漫畫老師Great』吧。」

他堂堂正正地報上名號。

「你說什麼！」

妖精用手遮住嘴巴，很做作地大喊著。接著迅速面向我說：

「征宗你聽見了嗎！令人驚愕的新事實被揭曉了！竟然是情色漫畫老師Great！多麼帥氣的筆名啊！簡直像是本小姐想出來的一樣！」

「吵死了！就是因為妳的關係，整個氣氛才會嚴肅不起來啦！」

不管怎麼說，有新的情報揭曉了。

雖然不知道是真的還假的——

現在的情色漫畫老師，紗霧，其實是第二代，在她之前有個名叫初代情色漫畫老師的插畫家存在，似乎是這樣。

然後，自稱是「情色漫畫老師Great」的黑色面具插畫家則直接受到初代的教導，是唯一的正統繼承者……他是這麼說的。

所以，自己才是「正牌」的情色漫畫老師——他如此主張著。

原來如此……的確，這傢伙說的話如果全都是事實，那的確合情合理。

但是——

總覺得剛才的對話，好像哪邊怪怪的。

感覺我現在好像應該要想起些什麼事情才行。

——初代『情色漫畫老師』是教導老子我繪畫的師父。

覺得似乎有什麼重要的事情，被我完全遺忘了。

懷抱許多模糊不清的感受，我看著紗霧。

情色漫畫老師在情色漫畫老師Great（之後以Great來稱呼）報上名號後，沉默地盯著螢幕。完全不知道她在想些什麼。

經過幾秒的間隔後，Great開口說：

「就是這麼一回事。好了！回答我的問題吧！說些什麼來聽聽啊。欸，冒牌貨的情色漫畫老師——」

「叫那種名字的人——」

我不認識。我本來以為，她接下來會跟平常一樣這麼說。

「——只要一個就夠了。」

紗霧以帥氣的動作把歪斜的面具重新戴好。

「我才是情色漫畫老師。」

這次輪到紗霧如此斷言。

明明從以前到現在，都是滿臉通紅地堅決否認——

「講得好，不愧是情色漫畫老師。」

我笑著拍拍妹妹的肩膀。

「……好、好了啦…………！不要再說了！」

結果，紗霧反過來不停地打我。看來她對於主張自己就是「情色漫畫老師」這件事，似乎感到很羞恥。

自己才是「正牌」的——面對展現出正面對決意志的紗霧，Great開心地發出「咿嘻嘻」的笑聲。彷彿就像知道事情會這樣發展一樣。

「很好！」

啪！他用力拍手。

「那麼，妳到底是『正牌』還是『冒牌貨』——就來好好搞清楚吧。」

「咦？」

「首先，就讓妳看看老子我才是『情色漫畫老師繼承人』的證據。」

畫面轉換，映出電腦桌面。滑鼠游標移動對某個圖標點擊後，啟動的是繪圖軟體。

雪白的繪圖畫布，以及好幾個圖標並排在畫面上。

這是在情色漫畫老師的轉播裡已經很熟悉的東西。

原來如此，我這麼想著。

自己才是「情色漫畫老師繼承人」的證據。

這種事，只要畫「圖」給人看就好了。只要給懂的人觀看，就能輕易判別——到底是正牌，還是冒牌的。

「雖說把繪圖的過程給別人看，實在不是我的風格——不過，這也沒辦法。」

就這樣——

在我們眼前，他在螢幕的畫布上，以極快的速度描繪出角色來。

「啊……這個角色是……」

這是在我的著作《轉生銀狼》登場的女主角。

胸部單薄，容貌稚嫩，還長著獸耳……這是情色漫畫老師最擅長的容貌類型。

「……畫得跟情色漫畫老師還真像……」

這相似程度像到如果說是本人畫的，就連我也會相信。

紗霧則用自己的語氣說：

「這種東西……不過是模仿……我的圖……跟畫法而已……」

「笨蛋，是我刻意畫得像的啦。那樣子就能清楚明白『不同』在那了。從這裡開始——仔細看好嘍。」

原本放蕩的語氣，突然轉變為非常認真的聲音。

「嘶——…………呼。」

深呼吸一下之後，Great開始幫線畫塗色。從我這外行人眼光看來，跟以前在情色漫畫老師的「繪圖影片」看到的是一樣的順序。

「初代情色漫畫老師，雖然是個能畫出超強畫作的人，但卻不是很有名——因為身為插畫家，都盡是接一些名字不會直接刊載的工作。會報上這種頗為羞恥筆名的時機，也只有在網路的一角繪製畫作的時候而已。」

Great有如紗霧一般，邊說話邊為畫作上色。

「所以有刊載名字並且為輕小說繪製插畫的第二代，實際上比較有名。所以會說妳是個冒牌貨——像這樣找妳麻煩的人，過去應該不曾出現吧——可是，會向妳找碴的傢伙終於出現了，就是老子我。」

塗上皮膚色的大腿，充滿讓人想一親芳澤的美豔感。

「老子我就直說了，現在的妳根本沒有資格以那個筆名自稱。我馬上讓妳明白這一點。」

純白的頭髮配上獸耳、金色與銀色虹膜異色的眼眸——將插畫上色，為角色們灌注生命的工程就像是魔法一樣。

「喔，雖然我是第一次看到繪圖的工作，但還真是美麗。」

眼光跟我十分相似的村征學姊，也看得心蕩神馳。

的確很有一套……可惡。

「呼呵呵……沒錯，沒錯。」

妖精不知為何好像超開心，笑到整個嘴角大幅度上揚。

紗霧她因為戴著面具所以不清楚表情——但她整個人僵住，肩膀也在發抖。

她緊握著拳頭。

然後——

「好，畫完啦。」

Great的插畫終於完成了。

到底「他」會拿出什麼樣的作品呢？

對著能畫出又色又可愛的插畫，在網路也博得絕大人氣的紗霧——也就是情色漫畫老師說出「妳沒有資格以那個筆名自稱。」「現在就讓妳明白這一點。」這種話來。這股自信的根據，現在出示在我們眼前。

「————」

目睹到Great插畫的瞬間，所有人都忘了呼吸。

「……了不起。」

「這、這是……」

就連自稱擁有「神眼」的妖精，以及說出「書店根本沒賣有趣的書。」「所以才自己寫書。」這些發言，有著特殊品味的作家——村征學姊，也都因為顫慄而瞪大眼睛。

「～～～～～～～～～～～～～～！」

還有，連我也咬緊下嘴唇。

不管拿出什麼樣的東西，我都不會嚇到——本來自己是這麼防備著。

我揉揉眼睛。

「好奇怪……是錯覺嗎……？插畫……好像在發光。」

「……真巧呢，學弟。我也有……看到耀眼的光芒——簡直像是……閱讀你寫的小說而且劇情來到最高潮時一樣。」

這對村征學姊而言，是最高等級的讚賞。

「這感覺真不可思議……閱讀最後一集時的……那份感動……好像……在我內心……增幅了。」

「……這讓本小姐想起第一次從讀者那收到插畫的時候。那時也是……在本小姐眼裡……那張明明很拙劣的插畫，卻像發出了閃亮的光芒。」

妖精的眼角流出淚水。

「當人打從心底真的被打動時——就會看見『幻影之光』。這是在繪畫等要表現超自然的事物時，所使用的『光輪（Aureola）』技巧的原型——沒想到會在輕小說……而且是自己作品以外的插畫上……親眼目睹這個現象……」

這就像錯覺一樣，不可能是實際在發光。

也並不是說這是一張充滿光澤的畫。

雖然不清楚理論，妖精那種誇張的解說也無關緊要——

我也……從這張圖裡……看到光芒。

「…………………！」

我不自覺地流下眼淚。

因為感到「很高興」。就像這樣，把我所創造出的「這傢伙」畫得如此栩栩如生充滿魅力——真是太好了，我有這樣的感覺。

不是小說，也不是漫畫——輕小說的角色，就是要有插畫才算完成，才能被灌注生命。

正因為如此，才能讓身為原作者的我感動到發抖的地步。

說不定——

這份感動，比情色漫畫老師第一次把角色設定稿寄給我的時候還要強烈。

紗霧發出慌張的聲音把身子探出去。

「騙人……這個……這是……！難道說……真的是……！」

「沒錯！這種讓人幻視到耀眼光芒的插畫——妳應該也有印象吧！」

插畫旁的角落打開一個視窗，Great的臉再次映出。

「這就是，初代情色漫畫老師的最終奧義——」

「**『情色漫畫光線』！**」

「…………………你說什麼？」

我傻眼地皺緊眉頭反問他。

雖然我很清楚，這是在劇情氣氛炒熱到最高峰時，用來一決勝負的決定性台詞。

我還是只能對Great這麼回應。

「奧義的名稱我聽不太清楚耶，你可以再講一次嗎？」

「耶？那個……所以……就是……情、情色漫畫光線啊。」

「啊？你說什麼？」

「……情色……光線……」

「可以麻煩你講清楚點，然後大聲地說出來嗎？」

「就是『情色漫畫光線』啦！不要讓老子我講那麼多次好不好！」

這很丟臉耶！」

「啊，你有自覺這名稱很丟臉啊。

「不是……這、這裡的『情色漫畫』啊……不是指色色的漫畫……所以說，這不是丟臉的名稱啦！但是要說出口還是很丟臉！……這你懂吧？」

總覺得，好像變成在跟紗霧講話的感覺。

實際上，紗霧對於Great的解釋，非常用力地點頭贊同。

看來與這種狀況無關，而是非同意不可的樣子。

「咳咳——總而言之！」

視窗被放大，Great的臉也跟著擴大。

「這樣你們就懂了吧！老子我才是情色漫畫老師的正統繼承人！沒有學會情色……奧、奧義的妳，根本配不上這個筆名！」

現場轉為寂靜。

想必不管是誰，看到Great所畫的「閃耀光芒的插畫」後，都會有「『他』說得沒錯。」的想法吧。

連紗霧也一樣。

「好啦，言歸正傳——現在就來傳達老子我的要求。」

他打破沉默，話語充滿嚴肅的感覺。

「跟老子我賭上筆名一決勝負吧！」

「取名為『情色漫畫老師VS情色漫畫老師G　剝奪面具生死戰』！詳細內容之後再告訴妳，好好期待吧！」

咿嘻嘻——他邪惡地笑著。

通訊突然中斷。

「……………」

…………………………………………

現場一片沉默，誰也無法言語。

先前還映出「Great」臉龐的螢幕，現在再度切換回「紗霧的繪圖影片」了。

彷彿這一切從一開始就沒有發生過，恢復成日常的景象。

不經意地往妖精看去，她迅速地把視線從我身上移開。平常明明總是直接反過來看著我，現在這反應還真奇怪。接下來，她斜眼往紗霧瞄了一眼。

「…………」

紗霧無力地坐在地板上，繼續盯著螢幕看。

因為她戴著面具，所以無法窺探表情——

但是從剛才目擊到那名稱很丟臉的奧義時的情況看來，應該是受到打擊了吧。

這種心情我很了解。

因為對方畫風跟自己非常相似，卻能夠畫出比自己要厲害許多的圖。

跟三年前的我相同。過去的我也被跟自己文風相同，作品又能夠寫得比自己有趣許多的存在——給徹底打垮了。

直到重新站起來為止，真的很辛苦。

「小妖精、小村征，今天謝謝妳們。不過，請妳們先回去吧。」

紗霧用毫無抑揚頓挫的聲音說著。

雖然因為「情色漫畫光線」這種莫名其妙的名稱，整體氣氛實在嚴肅不起來，但這可是相當嚴重的狀況。

畢竟紗霧跟當時的我不同，是個很纖細的女孩子。

「……………………ＯＫ。村征，走嘍。」

妖精點點頭，帶著村征學姊走出房間。

我也打算跟在後頭一起出去，結果──

「……紗霧？」

一股拉扯袖子的感覺讓我回頭，只見紗霧戴著面具抬頭看我說：

「……哥哥，你留下來。」

妖精與學姊走出房間後，「不敞開的房間」裡只剩下我跟紗霧。

「……………………」

「……………………」

我們沒有對話，只是兩人背靠著床鋪坐在一起。

……這種時候，如果我是個好哥哥，應該能體貼地說些話來安慰妹妹吧。但是心裡想到的話不管哪個都好像只有反效果，讓我害怕會不會反而傷害到妹妹……結果就說不出口了。

「哥哥，我問你。那傢伙的插畫，你覺得如何？」

「咦？」

「……跟我的相比……哪邊比較好？」

明明戴著面具，卻不是情色漫畫老師而是紗霧的語氣。

「這個……」

「……老實，回答我。」

這幾秒之間，經過說不定是我人生裡最猶豫的思考後——這麼回答。

「那傢伙畫的插畫比較厲害。」

我真是個沒用的哥哥。

無論如何我都沒辦法昧著良心說謊，好安慰一下妹妹。

面對長年一起走來的夥伴，我選擇誠實告訴她。如果是我自己的話……想到這點，我認為如果對方是個會在這種時候說謊的人，就無法繼續一起工作了。

「是嗎？」

於是紗霧——不，情色漫畫老師這麼說著。用很輕鬆的語氣。

「我也這麼覺得。」

「…………………」

接著又經過一段沉默。

「……輸了呢。」

「那個……不管那傢伙怎麼講，對我來說，情色漫畫老師就只有妳一個而已。所以——」

「所以？」

此時紗霧第一次抬頭看我。

「……所以……的後續呢？」

「——」

所以——

我接著打算說些什麼呢？

打起精神？就算輸了也別在意？那種勝負別理他了？

不對！我真正想說的，只有這句話而已！

可是，說出來真的好嗎？對受到打擊，內心受創的妹妹講明我的真心話，真的可以嗎？是不是根本不該說出口？

迷惘在內心激烈地震盪。可是我還是這麼說了：

「所以，妳要獲得勝利。」

「知道了，交給我吧。」

在那之後，紗霧馬上把自己關在「不敞開的房間」裡，斷絕跟外部的一切接觸。

即使到了晚餐時間也沒有踩地板，看來她正在集中精神。

我也不想打擾情色漫畫老師，所以就像家裡有考生的父母一樣，準備好即使冷了也沒關係的餐點，擺在她房間門口。

回到房間後，我坐在椅子上自言自語說：

「……錯過跟紗霧問清楚的機會了。」

想問的事情，跟必須問的事情實在太多了，尤其是關於初代情色漫畫老師的部分。

關於Great的事情，紗霧似乎完全不知情的樣子——但是他跟紗霧的對話內容，卻相當一致。

過去有個名為初代情色漫畫老師，技巧超強的插畫家存在。

現在的情色漫畫老師——紗霧則是第二代。

那個Great講的話，恐怕是真的。

「…………唔嗯。」

給自己取情色漫畫老師這種難以想像的筆名。

還創造出情色漫畫光線，這種好像只是為了對徒弟性騷擾才編出這個名字的奧義。

因為總是接一些沒有刊登名字的工作，所以並不有名。

有個自稱是情色漫畫老師Great，繼承其技巧的徒弟。

現在已經沒有進行活動了。

與第二代情色漫畫老師——紗霧之間的關係不明。

「…………………………想必是那麼一回事吧。」

我有大概猜想到了，那是我完全忘掉的事情。

想起來之後，前後就完全一致了。

「……『那個人』在我心中的形象，逐漸崩壞了耶。」

沒錯，這個想法正確的話，我跟「初代情色漫畫老師」應該有直接見過面才對。不過……現在已經無法見面，也沒辦法拜託她收拾這個情況了。

不管怎麼說——

現階段我能做到的，只有相信搭檔，並且等待而已。

事情出現進展，是在隔天的時候。

放學一回到家之後，責任編輯打了通電話給我。

會是要說關於前幾天才剛迎接發售日的新刊《世界上最可愛的妹妹》嗎？

……唔……如果是完全賣不掉，所以早早就決定要腰斬的話怎麼辦……

混雜著不安接起電話後……

『和泉老師！你看到了嗎！』

責任編輯神樂坂小姐，一開口立刻就省略主詞講了起來。

「咦？發、發生什麼事情了，神樂坂小姐。怎麼這麼慌張。」

『我現在就用郵件把網址傳過去，總之你先看一下！』

我急忙打開筆電，點擊寄來的信件裡所附上的網址。

連結到的網頁，是常看的那個影片網站。

「這、這是……！」

出現在那個播放次數已經超過五萬次的影片上的，是黑色面具的插畫家——情色漫畫老師Great。

「這就是，初代情色漫畫老師的最終奧義——**『情色漫畫光線』**！」

情色漫畫光線wwwww　竟然還有初代wwwww

情色漫畫光線www

最強奧義來啦！　為什麼取那種名稱……

情色漫畫神拳正統繼承人Great老師好強啊啊啊啊啊啊啊啊啊

比情色漫畫老師還色　真正的情色漫畫老師

看來是把昨天的對話編輯過後的影片……

「……這、這是什麼啊！」

『少在那邊「這是什麼」了！你們擅自決定這種事情會讓我很困擾耶！』

神樂坂小姐所說的，並不是指情色漫畫光線這件事。

「取名為『情色漫畫老師ＶＳ情色漫畫老師Ｇ　剝奪面具生死戰』！」

而是在講這個吧。

影片裡頭省略了我們之間的部分對話，相對地是加上「對決的詳細內容」。

Great親自以口頭說明，內容是這樣——

六天後的下午三點，要在這個影片網站舉行對決。

「兩名情色漫畫老師」將在實況上繪製插畫，以此一決勝負。

贏的那方，之後就能以「情色漫畫老師」自稱。

輸的那方，要將假面——也就是面具脫下，露出真面目。

評審有五位。其中一名希望能由現在跟情色漫畫老師搭檔撰寫《世界上最可愛的妹妹》的輕小說作家和泉征宗老師擔任，想請他務必參加實況。

「評審——我嗎！」

『你不知道嗎？』

「完全不知道啊——而且讓我當評審的話，這場對決根本沒辦法成立吧。」

『當然能成立啊。那個情色漫畫老師Great的插畫你已經看過了吧？有那樣壓倒性差距的話，哪邊獲勝根本就一目了然吧——對觀眾們來說也一樣。』

「啊！」

『和泉老師你啊，有辦法在幾萬名的觀眾面前做出偏袒的判決嗎？』

「為了情色漫畫老師想偏袒是輕而易舉，雖然可能沒有意義就是了。」

『沒錯吧！』

不管身為評審的我再怎麼主張是紗霧獲勝，如果大多數觀眾不這麼認為，或者是雙方有著明顯差異存在的話，其他評審也會把票投給Great吧。

而且這還是「剝奪面具生死戰」——敗北的話，就得把真實面貌暴露在全國的網路上。

生性害羞的紗霧，怎麼想都不可能承受得住。

就算找些什麼理由來防止真面目暴露……

那樣子……想必就再也無法跟以前一樣畫圖了。即使換了筆名也會因為畫風被發現，然後被貼上「賭輸了還逃避露出真面目的膽小鬼」「情色漫畫老師的冒牌貨」這類標籤吧。

這麼一來，紗霧也許會鑽牛角尖地認為自己再也無法勝任插畫家的工作。紗霧的插畫家生命，也到此結束了。

『這件事好像已經被刊登到情報整合網站上，炒得很熱鬧的樣子喔～～想必不用我說了，如果輸掉的話可是會超級麻煩的喔～～』

然後我聽到她小聲地說『不過贏了的話，就超賺的』這句話。

「會贏的。」

我這麼說著。

「情色漫畫老師絕對會贏，所以妳不用擔心。」

『那種偏袒自家人的希望預測，大人可沒辦法安心啊！真的是喔！』

雖然這麼說，但氣氛都已經被炒得如此熱烈了，也沒辦法輕易中止。

神樂坂小姐對於這點也是相同意見。

結果，這通電話並沒有決定「今後的具體方針」……

『好啦，這下該怎麼處理才好呢……』

之後回想起來，她這自言自語還真是含意深遠。

掛斷電話後沒多久——

咚咚，踩踏聲從天花板響起。

我急忙跑出房間，衝上樓梯。

「……紗霧也看到『那個影片』了嗎……」

是不是因此感到不安，才呼叫我的呢……？

我思考著安慰的話語，同時敲敲「不敞開的房間」的門。

到有回應為止的幾秒間，讓人感到無比漫長。最後門扉緩緩開啟——沒戴面具的紗霧出現了。雖然跟平常一樣穿著連帽外套，但說不定這就是情色漫畫老師的作業用服裝。

「紗霧，我過來嘍。」

「……嗯……進來吧。」

我在妹妹的催促下走進「不敞開的房間」。

房間的電腦似乎已經啟動繪圖軟體。

我們面對面坐下。

「那個……會把哥哥叫來……是想要，好好說明一下……」

「說明？」

「……昨天，那個人說過吧，我是第二代的『情色慢老師』。」

「！」

——過去……有個名叫『情色漫畫老師』……一個真的非常厲害的插畫家存在。

——也就是所謂的初代『情色漫畫老師』吧。

——那傢伙就是『第二代』。

沒想到——會是紗霧自己先開口說出來。

「那是……真的。『情色漫畫老師』是……我的……我的…………教我……」

紗霧一時語塞，稍微猶豫一陣子之後……

「是教我畫圖的人。」

她微笑地這麼說。果然，跟我預料的一樣。

我想只要進一步詢問，就會獲得更詳細的答案吧。

「這樣啊。」

但我選擇默默聽妹妹說明，刻意不向她進行確認。

紗霧以眺望遠方的眼神緩緩說：

「『老師』她……已經不在了。然後，現在……就由我成為『情色漫畫老師』。」

「這樣啊。」

「當我問老師說，可不可以用這個名字？她很開心地說『可以啊』。」

「這樣啊。」

我們是在三年前出道……所以時期上是這樣沒錯。

紗霧並不是擅自使用情色漫畫老師的筆名。

她有確實獲得許可。

「那個……跟和泉老師一起工作的……一直……從最開始……就是我。」

「這我知道喔，即使妳不說我也知道。」

「嗯……」
妹妹不知為何臉頰變得通紅。
「還有……這個是非常、非～～常重要的事情……」
「唔、嗯，什麼事？」
「『情色漫畫』這名字，不是我取的。」
「妳一直都很想講這句話吧！」
「嗯！」
紗霧一臉像是「成就了豐功偉業」的表情。
「所以絕對不是我很色，知道嗎？」
「我知道啦！」
「很好。」
紗霧像是完成一份大工作般鬆了口氣。
別說不就好了，我開始這樣吐嘈。
「但是，是妳自己跟前代問說『可以用這個筆名嗎？』的對吧。」
「！」
那麼，果然紗霧還是很色不是嗎？
「不對啦！這說法是錯的！那個時候——因、因為老師總是跟我說那不是色色的意思，而是島嶼的名稱啊！所以我不覺得是個丟臉的名字！……我也覺得……那樣應該不錯……如果用老師的名字來工作，並且繼承下去的話，老師應該會很開心……所以……！」

紗霧不停揮舞雙手，超級拚命地辯解。

「但是出道後就在網路上被大家說很色或是這個插畫家是變態明明不是丟臉的名字可是老師聽到卻一直笑而且到這地步已經沒辦法改筆名了啊啊啊啊笨蛋！真是……！」

如果這是本漫畫的話，應該會是眼睛變得咕嚕咕嚕轉的場景吧。

思考不斷滿溢而出，連在講些什麼都搞不清楚了。

紗霧氣喘吁吁的，然後微微抬起頭來……

「……雖然事到如今才說，但是把和泉老師的小說弄得好像是色情書刊真是抱歉。」

「真的是事到如今耶！我已經習慣了所以沒差啦！」

「總算說出來了，真是爽快。」

「這樣啊。」

我也很開心，因為又多了解到一些紗霧的事情。

「把我找來，就是要說這件事嗎？」

「嗯。不過，還有一件事情。」

「是嗎，什麼事？」

「………………就是……」

此時紗霧突然噤聲。臉頰染成朱紅，同時還嘟起來。

眼睛用力緊閉，看起來很煩惱的樣子。

一秒、三秒、五秒過去了……紗霧才緩緩睜開眼睛。

「……是情色……線……的事情。」

「喔，情色漫畫光線？」

「不、不要說出來！」

真的有那麼丟臉嗎？

我因為講太多次情色漫畫這個詞，都已經麻痺了。

「姑且問一下，那個名稱明顯很糟糕的奧義，真的是初代所使用的嗎？」

「是、是老師用的沒錯……而且老師還會用更高亢的情緒大喊這名稱！」

「是、是喔。」

以高亢的情緒大喊啊。

初代情色漫畫老師……從那外貌看來，實在難以想像會這樣啊。

「……那……個……所以……就是……」

紗霧「咳咳」輕咳一聲後。

「那個人……為了要能夠贏過Great……我認為……自己也要能夠使用那個奧義才行。」

「情色漫畫光線對吧。」

「所、所以說！」

「好好好。」

「真是的……哥哥好色。」

都已經被罵了，所以應該不能想這種事才對……

但是紗霧講這句話的時候，可愛死了。

——哥哥好色。

每當她這麼說，就讓我心動不已。甚至想要錄音下來。

「嗯……初代『情色漫畫老師』也是教導紗霧畫圖的老師對吧。那麼有關於情色漫畫光線的使用方式，難道沒有教導過妳嗎？」

「教過了。」

咦？怎麼跑出跟預料中相反的答案。

「雖然有教過……但我以為老師又在胡說八道講些腦袋怪怪的話……」

看來紗霧沒有認真聽，直接無視了。

初代情色漫畫老師，還真是不得徒弟的尊敬。

「可是啊，內容有那麼讓人沒辦法認真聽進去嗎？像是奧義的使用方式或是修練方式……還是學會的方法？」

「因、因為……光名字就那樣了……」

「……嗯，對喔。超好懂的。」

假如某一天，畫圖的師父突然說要教導我名為「情色漫畫光線」的奧義使用方式的話。蠢斃了——一般都會這麼想吧。

「對吧？」

紗霧低下頭，嘴唇也很可愛地嘟起來。

「…………………而且……也沒辦法實行。」

「嗯？什麼意思？」

「沒、沒什麼啦！」

紗霧瞬間變得滿臉通紅，並且激烈地揮舞雙手。

怎麼看都像是要隱瞞事情的模樣。

「如果有想到什麼可以跟我說嗎？兩個人一起想辦法的話——」

「不行！」

「哇啊！」

因為她沒有戴上耳麥就突然喊出這麼大聲音，讓我嚇了一跳。

「不、不行是……什麼不行？」

「我說不行就是不行！啊嗚……嗚嗚……我、我、我會想辦法……想辦法，自己一個人學會！」

想辦法自己一個人學會——這我是能理解。

……但為什麼這傢伙會露出這麼煽情的表情啊……

學會奧義的方式……到底是……

「不可以有奇怪的想像！色狼！」

果然是很色的事情嗎？

「好，事情講完了！在、在決勝負那天之前，我會想辦法解決的！絕對會畫出比那傢伙更加厲害的圖出來！」

面對這強而有力的宣言，我該機靈地回應嗎？

「……喔、喔喔……加油喔……一個人……」

真的很抱歉。但是我……因為「奧義的修得方式，到底是什麼樣的色色行為呢？」這個想法而陷入苦惱之中。

「就說不可以想像了嘛！笨蛋！」

三天後——距離那場「剝奪面具生死戰」只剩三天。

紗霧在那之後為了學會最終奧義「情色漫畫光線」，就躲在房間裡「一個人想辦法解決」。

面對搭檔這種情況，我什麼也不能做，只能懷著擔心的心情進行自己的工作——也就是《世界上最可愛的妹妹》第二集的執筆。

當和泉征宗陷入危機時，情色漫畫老師為我繪製的插畫總是能夠激勵我。因為那可以——成為撰寫有趣小說的原動力。

所以……我也打算寫出新作，在一決勝負之前交給情色漫畫老師。

雖然不知道把小說送給情色漫畫老師，她會不會跟我一樣高興。而且說不定因為是在重要的對決之前，所以根本沒時間閱讀這種東西。

但是，我也想不出其他方法。在網路上調查關於Great的情報，準備些好吃又有營養的餐點……我能夠支援搭檔的，就只有這些小事而已。

就算沒有意義，或許還會帶來困擾……但自己能夠做到的事情，可不能不去做。

就這樣。

假日的白天，當我在房間裡工作時——

砰咚砰咚砰咚砰咚！

突然傳來激烈的踩地板聲。

「怎……怎麼了！」

我慌張地衝出自己房間，急忙趕去妹妹身邊。

咚咚咚！這段期間，好像什麼東西在大鬧的聲音持續響起。更進一步靠近房間時……

「呀啊啊啊啊啊啊！」

紗霧在尖叫！

「紗霧！沒事吧！」

砰砰砰砰！我用力敲著「不敞開房間」的門——結果門立刻打開，穿著連帽外套的妹妹飛奔出來緊抱住我。

「哥哥……！」

「怎麼了！強盜嗎？還是有色狼？」

「不……那個……」

朝紗霧所指的方向一看——

「哈、哈囉♪」

我看到高舉雙手，擺出投降姿勢的妖精。

「……這是怎樣，什麼狀況？」

我雖然有點混亂，但還是先這麼問：

「妖精……難道妳做出什麼會讓我妹妹發出那種聲音的行為嗎？」

「不、不是那樣的啦……聽本小姐解釋。」

妖精解釋說——

她今天就跟往常一樣，從陽台直接來到「不敞開的房間」。

然後因為窗戶沒有鎖……

「所以本小姐就想說稍微嚇嚇她，於是一口氣打開窗戶。結果就看到情色漫畫老師用一臉很煽情的表情在對著布偶親——嗚咕！」

「哇！哇啊！哇哇！」

紗霧突然大喊，並且跑向妖精用雙手堵住她的嘴。

「這是祕密特訓！因、因為這是祕密特訓啦！」

妖精因為口鼻被堵住而無法呼吸，她拚命把哭喊著的紗霧雙手拉開。

「噗哈……咳咳……知、知道了啦。欸，征宗，既然本人都這麼說了……你就別再問了吧。」

「…………………………既然紗霧這麼說了。」

我勉強同意。

祕密特訓……這麼說來，果然是為了修得「情色漫畫光線」所進行的吧。

「不過講話很小聲的紗霧，被看到後竟然會像那樣大叫……」

「不可以想像！」

「不，我根本想像不到啊……」

紗霧她到底是——被妖精目擊到什麼樣的行為呢？我往妖精瞄一眼，只見鄰居用很尷尬的表情擠出笑容。

「算、算了，有什麼關係嘛！比起這個，本小姐可以說明來意了嗎？」

雖然很清楚她是要轉移話題，不過既然這是為了紗霧，那就乖乖順著她好了。

「請。」

「那就重新從本小姐華麗的登場畫面開始。」

如此說道的妖精打開陽台的窗戶到外頭去。

她重新打開窗戶。

「本小姐要重來一次嘍！」

妖精深呼吸一下後，用真的像是「現在才登場」的聲音大喊：

「嗨～～情色漫畫老師！奧義修行得還順利嗎～～♪」

看來她本來打算這樣出現。

「…………………………」

紗霧不高興地瞇起眼睛。

「啊！果然一點也不順利呢。呼呵呵呵，本小姐就知道是這樣！」

「妖精，如果妳是來挑釁紗霧的話就給我滾回去啦。」

「好啦好啦！聽本小姐說嘛！呼呵呵……因為全新的強敵登場，而被逼入絕境的和泉兄妹——就由本小姐來幫助你們！」

「怎麼一回事？」

我老實詢問。想起上次跟村征學姊對決時，也受到妖精不少照顧。她對我們兄妹而言，是值得信賴的夥伴。

「本小姐想讓你們見見某個人。」

妖精單手插腰，依序指著我跟紗霧的臉。

「乖乖地跟本小姐來吧。當然，是兩個人一起。」

情 ero manga sensei 色 漫 畫 老 師
第二章

於是——

我跟妖精從五反野車站搭乘電車，朝都內前進。

週日白天的電車裡還挺空的。即使如此，妖精這種蘿莉塔裝扮的金髮美少女外觀還是相當引人注目。車裡的女性乘客們也都說著「好可愛～」「好像法國娃娃一樣。」這樣的話。

本人可能早就習慣被稱讚了，所以完全不以為意。我們一起站在車門附近，但妖精從剛才開始就一直像個小孩子般興高采烈，三不五時就找我說話。

「吶吶，征宗！跟本小姐兩個人一起在假日出門很高興吧，那堆繁瑣的煩惱可以一口氣消除，可說是讓心情舒暢的最好方式對吧！」

只不過是搭電車而已，這傢伙在講什麼啊？

「也沒有多煩惱啊，因為我很相信情色漫畫老師。」

「是嗎？本小姐覺得你是妹妹一煩惱，自己也會一起陷入『完全不知道該怎麼辦才好』這種狀態的類型啊。」

還真是敏銳。

「算……是吧。雖然並不擔心……但自己卻無法幫妹妹做些什麼……只能信任她而已……這件事讓我有些疙瘩。」

「對吧，出門是正確的呢。」

「說得……也是。」

動起雙腳走出戶外，沐浴在太陽光之下——光是這樣就有很大的不同了。

我發自內心地說：

「……謝啦，妖精。的確能夠好好散心呢。」

「！」妖精瞬間僵直了一下。「沒關係啦！你跟本小姐都什麼交情了！」

……這傢伙，露出超級「燦爛的表情」笑著耶。

的確，光是跟妖精聊天或許就能讓心情變得開朗。

「但也不是『兩個人一起』吧。妳不是說了情色漫畫老師也要一起去的嗎？」

我舉起小心翼翼抱住的平板電腦說著。

無法走出房間的情色漫畫老師，也以「通訊」的方式一起同行（？）了。

在電車內用Skype通話以禮儀上來說也不太好，而且還有電力方面的問題，所以現在是用LINE的群組聊天功能在交談。

趁這個機會，讓我拿到妹妹的LINE ID了。太棒啦。

『小妖精要讓我們見的人，是誰啊？』

此時情色漫畫老師的文字訊息傳來。

我跟妖精用各自的智慧手機看著。

「呵呵，見了就知道啦。」

『妳在裝什麼神祕啦。我去宣傳說妳今天穿的是粉紅色的橫條紋內褲喔。』

「——啥？妳、妳為什麼會知道這種事情！」

妖精放聲大喊，並且把相同的台詞打進LINE裡頭。

接下來叮咚聲響起，情色漫畫老師貼上了一張照片。

是張橫條紋內褲的照片。

「呃什！妳、妳是怎麼——啊！」

妖精肩頭一震，接著瞬間變得滿臉通紅。

「難、難、難難難、難道說……妳……妳把……本小姐的……！」

『這是剛才脫下來的——』

「~~~~~~~~~~~~~~~~！妳、妳這素幹啥麼啊！」

啪！妖精迅速地用單手壓住迷你裙的前方。

她全身不停顫抖地說：

「車、車車車、車站裡有樓梯耶！剛才後面有個小學生左右的孩子好像整個看光了耶，這下子該怎麼辦才好啊！」

『——不過當然是騙妳的。』

「本小姐絕對會被認為是個超漂亮的變態大姊姊——咦？騙人的？」

『嗯，這條內褲是我畫的圖啦。』

「…………………真、真的嗎……？」

妖精和我愣愣的看著照片。

不管怎麼看都像是真正的內褲啊……

「是……圖啊。」「是……圖呢。」

『厲害吧。』

情色漫畫老師傳來似乎很自豪的文字訊息。

彷彿能親眼看到她驕傲地挺起扁平胸膛的情景。

看來不只是我，跟妖精一起外出，說不定也給陷入瓶頸的紗霧帶來良好的影響。

「的確很厲害……但就算這是情色漫畫老師畫的圖，也代表說有看……看到了吧？」

就是指妖精的內褲。

「不然的話……也不會……跟本小……跟真的相同圖案——」

『就算不看也畫得出來。』

情色漫畫老師充滿自信地（用文字訊息）回答。

『能夠把可愛女孩子穿的內褲圖案，宛如透視般描繪而出。這就是我的「老師」教導給我的必殺插畫奧義！』

「請、請不要在電車裡對本小姐性騷擾！」

「別在我旁邊喊這種話啦！這樣不就好像我是色狼一樣嗎！」

真的是喔——初代情色漫畫老師老是教些不正經點的東西。

這原理恐怕跟夏洛克．福爾摩斯經常做的那件事一樣吧。

『順帶一提，如果跟目標感情越好，精準度就會越高。』

「這根本不是人類的技巧了，簡直就跟職業輕小說作家使用的『A級技能』匹敵啊。」

會幫自己跟同業者設定奇怪的必殺技與技能這部分，總覺得好像跟妖精是相同的人種——初代情色漫畫老師這個人。

雖然「插畫奧義」這跟妖精設定的那堆東西比起來，感覺更加直接又煽情就是了。

不曉得其它還會有些什麼樣的設定呢……感覺想知道，又有點不想知道。

『職業插畫家裡頭，聽說還有能夠自由操縱無數的觸手，會不停掀女孩子裙子的綠色生物喔。』

「連人型都不是了嗎！」

情色漫畫老師與妖精的對話，氣氛熱烈到前所未有的程度。

電車繼續搖晃一陣子，我們來到位在新宿的某間飯店。搭乘電梯，登上有如高塔般的建築物。

以Skype連接的筆電裡頭，情色漫畫老師用機械式的聲音說：

「小妖精要給我們見的人……住在這麼豪華的飯店裡頭嗎？」

「豪華？很普通吧。」

不，對妳來說也許很普通沒錯……

我們這些一般平民，卻會感到有些畏縮啊。

……想必會是個像妖精一樣裝扮超誇張的大姊姊吧。

還是先做好心理準備。

「還有，妖精妳手上拿的那個籃子是啥？」

「嗯？這個？呃～類似賄賂用的東西？」

「……什麼啊。」

走出電梯，我戰戰兢兢地跟在抬頭挺胸闊步走著的妖精後頭。

她停在某間房間門口……

「到嘍，就是這裡。」

按下電鈴，響起叮咚聲後——

「艾蜜莉～～～～～～～～～♡妳可來了！」

門扉毫無時間差地打開，有個人從裡頭跳出來。

是個眼角上吊的紅髮女孩，有著像運動員般結實的身材，穿著T恤搭配短褲的隨性裝扮。身高比妖精稍微高一些，年齡……大概跟我差不多……吧。

她露出牙齒，展現出快活的笑容。

妖精也回以同樣的笑容。

「哈囉哈囉～亞美莉亞。明明妳工作那麼忙，突然跑來真不好意思呢。」

「笨蛋，妳的話無論何時都超歡迎的啦！今天也好可愛耶！」

「哼，那是當然的嘍。對了，今天想介紹一些人給妳認識。」

「咦……介紹？」

被稱為亞美莉亞的女孩子，驚訝地瞪大眼睛——此時她才終於注意到站在妖精身邊的我。接著立刻瞇起眼睛，很不高興地說：

「啥？這傢伙是誰啊？跟艾蜜莉妳是什麼關係？而且啊……怎麼覺得好像有在哪邊看過他……」

……哇啊……我好像超級不受歡迎的耶。

喂，妖精妳快想想辦法啊——我把帶有這種含意的眼神送過去後，妖精露出「交給我吧」的表情點點頭。

「他是和泉征宗，是本小姐的男朋友！」

「妳是故意的嗎！」

就算不清楚妳們之間的關係我也很清楚！這是最糟糕的介紹方式啊！

「不是，剛才這是——」

雖然慌忙試著辯駁，但紅髮少女用力睜大吊起的眼睛，然後砰地用拳頭敲打手掌。

「喔，喔喔～和泉征宗！你就是和泉征宗啊！」

「是、是啊……是沒錯。」

「原來如此！難怪覺得好像看過！」

「……我們有在哪裡見過嗎？」

雖然氣勢上被壓過，但還是試著問問看。不過她卻完全無視我的詢問，只是不停盯著我的臉看。

「哼嗯～你就是以艾蜜莉的男友自居的——那個和泉征宗……」

接著她用力指著我的臉——

「好遜！」

「什……！」

「遜爆了！完全配不上！這種的竟然會是艾蜜莉的男友，實在非常難以承認啊。」

「就說不是男朋友了！而且說起來……妳到底是誰啊！」

會用本名稱呼妖精，那就代表她跟妖精相當親密吧……

「哎喲，這麼說來還沒自我介紹咧。」

她用大拇指指著自己的臉。

「老子我是亞美莉亞・愛爾梅麗亞！現在用『愛爾咪』這個筆名在幹插畫家的工作！」

「咦，愛爾咪老師……就是那位？」

「人稱美少女插畫家愛爾咪喔！」

她抬頭挺胸自豪地說著。

在各種意義上，這是能跟妖精匹敵的自我介紹。

我來說明一下。

愛爾咪老師是為山田妖精的代表作《爆炎的暗黑妖精》繪製插圖的插畫家。

她能夠分別運用各式各樣的畫風，在繪畫與漫畫方面也非常活躍，每個項目都有超一流的評價——因此被稱呼為「萬能的繪師」。

愛爾咪老師筆下充滿肉感以及性感的女孩子們跟妖精的文風完全一致，她們兩人可說是最完美的組合。《爆炎的暗黑妖精》之所以能夠暢銷不只是因為原作者的力量，負責插畫的愛爾咪老師的功力也占了很大的功勞。

不過再怎麼說，輕小說的有趣之處就是靠著文章與插畫之間的契合所誕生而成的事物了。

總而言之，她是個超有名又超厲害的人。

「……但是，沒想到是個這麼年輕的女孩子……」

雖然紗霧、妖精、村征學姊還有我也都很年輕所以沒資格講別人，而且事到如今這也不是什麼稀奇的事情了——但還是很驚訝。

「好可愛，她是穿什麼樣的內衣呢？」

情色漫畫老師，閉上妳的嘴巴。

妖精拍拍愛爾咪老師的肩膀說：

「亞美莉亞——愛爾咪是本小姐的青梅竹馬。還記得嗎？本小姐之前不是有說過——自己被要求學習許多技能嗎？亞美莉亞就是母親大人作為其中一環而帶來的喔。年紀相近的朋友兼畫畫的家庭教師——大概就是這種感覺。」

「雖然發生很多事，但我們變得意氣相投！艾蜜莉是老子的老婆！」

愛爾咪老師威風凜凜地雙手交叉在胸前宣言著。

「愛爾咪她的日語有一點點奇怪啦，請不用太在意。」

與其說日語，總覺得她的言行舉止全都很奇怪……

把她當成像是會上綜藝節目的外國藝人會比較好嗎？總覺得不太一樣啊。

「妖精想讓我們見的人是……」

「沒錯，就是這位愛爾咪喔。」

「好想看她的內褲。」

情色漫畫老師，閉上妳的嘴巴啦。

「……………………」

「……………………」

我跟愛爾咪老師暫時在近距離互相盯著對方看。

不過……這個人外貌可愛到不輸給妖精耶。不管是高高上吊看起來很強勢的眼睛或是可愛的虎牙都完全沒有缺點，反而更加襯托出她的魅力。

——可是，為什麼呢……完全不會感到臉紅心跳。因為跟妹妹居住在一起，所以早就習慣美少女了——就算是這樣，我會沒反應到這種地步也很奇怪。

雖然也沒有討厭的感覺，不如說只看外表的話，好感度可以說是超高。

……是女性……沒錯吧？

當我的視線微微瞄向她膨起的胸口時……

「喂。」

「！」

本人突然出聲叫我，讓我嚇了一跳。

「什、什麼事？」

「你喔，真的沒跟艾蜜莉交往嗎？」

「沒、沒交往啊，我說過了吧。」

「哼嗯，這樣啊。」

真是難以形容的反應。

到底是能接受還是不能接受，而且有沒有發現我在偷瞄她胸部，完全不得而知。

「那話說在前頭，你可不要喜歡上老子我喔。」

愛爾咪老師彎著腰，用食指指著我的臉。

「老子我啊，完全沒有打算跟男人談戀愛。雖然老子我超可愛，但你可別喜歡上我喔。對你懷有戀愛感情這種事，是絕對不可能發生的！」

「我知道啦！妳不用一直強調我也……」

「才～～怪，像你這種色胚就是得講到這種地步才行！」

啊，看來這是偷瞄胸部的事情被發現了。

不過，從這傢伙剛才到現在的言行舉止來看……與其說是討厭男性的女孩子……不如說……會是那麼一回事嗎？

「……了解。」

我舉起雙手投降。於是愛爾咪老師重新面向妖精。

「所以，艾蜜莉妳是想把這個色胚介紹給老子……這樣子嗎？」

「喔，終於進入主題了呢。那個──愛爾咪，妳知道情色漫畫老師對吧？」

「！」

愛爾咪老師一瞬間動也不動，然後不停眨著眼睛。

「那當然知道啦。」

「那情色漫畫老師陷入危機這件事也知道嗎？」

「就是『剝奪面具生死戰』的事情吧。老子很清楚喔。」

果然「那場騷動」已經傳遍整個業界了。

「是嗎，那就好解釋了。情色漫畫老師現在為了迎接對決，正在進行猛烈的繪畫特訓——只不過似乎不太順利的樣子。」

「…………………哦～～這樣啊。」

愛爾咪老師突然變得面無表情。是想到什麼事情了嗎？

「然後呢，其實現在已經請情色漫畫老師她來到這裡了喔。」

「咦？在哪？」

愛爾咪老師把身體探出入口，左看右看地環顧四周。

此時妖精指向我抱著的平板電腦。

「這邊啦，這邊。映在電腦畫面上戴著面具的人就是情色漫畫老師。」

「妳～～好啊～～不過我不認識叫那麼丟臉名字的人就是了！」

畫面裡的情色漫畫老師稍微舉起單手。

情色漫畫老師

「喔、喔喔……你好。」

愛爾咪老師眨著眼睛。

情色漫畫老師用極為友善的語氣這麼自我介紹：

「初次見面妳好啊，愛爾咪。妳好可愛耶，都穿哪種內褲啊？」

「這是我第一次聽到這麼糟糕的自我介紹耶！」

我抱頭苦惱，接著急忙對愛爾咪老師低頭致歉。

「真的非常抱歉！這傢伙腦袋有點不正常！」

「和泉老師，你怎麼給予搭檔講這種評價。」

「囉唆啦，變態！你也快點道歉！」

「啊～～沒關係～～沒關係啦，不用道歉也無所謂。」

真令人感激——愛爾咪老師笑著原諒我們了。她揮揮單手要我停止謝罪，然後朝著平板電腦笑著露出虎牙。

「午安啊，情色漫畫老師。老子我上下穿的都是運動用內衣喔。」

她很乾脆地公開自己穿著的內衣，然後反過來問：

「所以情色漫畫老師妳都穿哪種內褲呢？」

「咦……」

「嗯？妳雖然改變聲音，但是個女孩子對吧。咿嘻嘻，到底都穿什麼樣的內褲呢？」

「……啊嗚……那個……是……」

哇啊……情色漫畫老師遭到完美的反擊。

跟平常完全相反的情境。

不過愛爾咪老師只不過稍微交談一下，居然就能看穿情色漫畫老師的性別……了不起。

愛爾咪老師朝著不知所措的情色漫畫老師進行更進一步的追擊。

「怎麼啦～～？老子我可是有確實回答了耶，這次輪到妳啦。」

「……嗚嗚……」

紗霧戴著面具變回「原本」的性格，發出虛弱的聲音說：

「……哥……和、和泉老師……快幫……」

「…………………………………………………………」

「和、和泉老師！你幹嘛擺出豎起耳朵想仔細聽清楚的樣子！」

「我、我才沒有喔。」

「騙人！絕對是騙人的！你剛才偷偷把耳朵靠到平板旁邊對不對！你、你想要……仔細聽清楚……我到底是穿哪種內褲對不對！」

「就說沒有啊！為何要這樣單方面斷定啊！」

不過，的確啦。雖然知道紗霧催促我幫幫她，但我還是無視她了！這也沒辦法啊！因為我也很動搖嘛！

「色狼！變態！我再也不要理和泉老師了！哼！」

啪嚓，通訊被切斷了。

「怎、怎麼會……」

我的表情變得鐵青並染上絕望。愛爾咪老師則嘟囔地說：

「……她很自然地從這話題逃跑了耶。」

啊，真的耶。

「征宗，情色漫畫老師不在的話事情就講不下去了，想想辦法吧。」

「我有試著重新撥打Skype了……不過她會接嗎……」

在妖精催促下，我再度試著跟情色漫畫老師進行Skype通話……不過……

「……沒接。」

「你就傳個『內褲的事情，我們不會再追問了。』這種訊息給她吧。」

「我傳的話就會變成性騷擾了，妳用ＬＩＮＥ傳給她吧。」

「有夠麻煩耶——」

像這樣七嘴八舌地討論過後，與情色漫畫老師的Skype通話平安復活了。

「通訊復活～～」

情色漫畫老師很輕挑地說著，妖精也滿足地點點頭。

「這樣總算能進入正題了。」

這時愛爾咪老師對妖精說道：

「正題啊……老子我要做些什麼呢？」

這正是我也想知道的。

把我跟情色漫畫老師介紹給愛爾咪老師認識……妖精到底打算要做什麼？

「呵呵呵——這問題問得好。征宗跟情色漫畫老師你們也仔細聽清楚嘍！」

妖精露出誇張的笑容，並且氣宇軒昂地擺出帥氣姿勢。

「愛爾咪，讓情色漫畫老師見識一下妳的『插畫奧義』吧！」

「！」

「老子我的……奧義？」

「沒錯——這是被稱呼為『萬能繪師』的愛爾咪老師所使用的必殺『插畫奧義』喔。」

喂，妖精……那個……不是在電車裡情色漫畫老師跟妳說的東西嗎？

的確照情色漫畫老師所說，職業的插畫家們都擁有「插畫奧義」——也就是各自能夠稱為「必殺技」的東西。

但講白一點，這不過就是初代情色漫畫老師隨口胡謅說給紗霧（或者說Great也是）聽的東西而已。

突然講什麼「奧義」之類的，只會讓愛爾咪老師困擾而已吧。

不過被這麼一說，愛爾咪老師的反應是這樣子。

她睜大眼睛……

「——嚇到我了，妳還真是語出驚人呢。」

咦？「插畫奧義」這東西她竟然聽得懂？

「哼哼，不愧是本小姐吧。這樣是最直接了當的對吧。所以——如何啊？能拜託妳嗎？」

「嗯~~~~~~~~~~~~~~~該怎麼辦才好呢~~~~~~~」

愛爾咪老師雙手交叉在胸前思考著。

「之前本小姐不是有幫妳那個忙嗎？就當作是那個的回禮就好。」

接著妖精把拿在手上的籃子遞給愛爾咪老師。

「啊，對了對了，這個是本小姐親手作的餅乾，不介意的話妳就拿去吃吧。」

「真、真拿妳沒辦法呢~總、總之啊……」

愛爾咪老師露出害羞而且軟化的表情，並用拇指指著自己房間裡頭。

「站在這種地方也不是辦法，進來吧。」

我們進去的，是個非常寬廣的房間。沙發、矮桌、液晶電視……雖然構成跟我家的客廳非常類似，但卻明顯是由「好像很貴」的家具裝潢而成。

矮桌上隨意擺著桌上型電腦、液晶手寫板還有麥克風。

「…………」

——這稍微讓人聯想到紗霧的房間。

「那你們就隨便坐那邊吧——嗯？怎麼了？你很在意這些嗎？」

「啊，喔。這是實況用的設備……是嗎？」

「對啊對啊，我最近開始玩了呢，就是繪畫實況轉播。」

「啊，跟我一樣。」紗霧用本人語氣小聲說著。

「哎，那很好啊！這種事情！」

妖精強硬地把話題打斷。

愛爾咪老師在位於電視正面的沙發上坐下，我也在同一張沙發稍微遠一點的位置就坐。

「本小姐去泡些茶，等等就邊吃餅乾邊談吧！」

妖精像是把別人家當作自己家一樣，提著籃子走出房間。

愛爾咪看著妖精的背影，或者該說是盯著她的臀部……

「耶嘿嘿……」

這麼痴痴笑著。

至今我所遇到的所有插畫家都是變態耶……這是怎麼回事？難道畫圖的人，每一個都是這副德性？

雖然之前情色漫畫老師說過「所有插畫家都是對女孩子內褲充滿興趣的變態」這種失禮的片

面之詞，但該不會……真的是如此吧？

「…………」

當我抱著有點不敢領教的心情觀看時，愛爾咪老師迅速轉身面向這邊。

「很棒吧，超羨慕的吧！」

「什、什麼啊？」

「超可愛的青梅竹馬來到自己房間勤快地照顧自己，還帶著親手作的餅乾跟茶點耶！不覺得老子我是人生的超級勝利者嗎！」

面對愛爾咪老師的炫耀，情色漫畫老師不停地點頭。

「是勝利者，絕對沒錯。」

「對吧，對嘛。」

此時我這麼說：

「妖精最近每天都會跑來我家啊。」

「咦？」

「而且也會每天都帶著烤好的餅乾過來。」

「啥啊啊啊！你、你給我說清楚這是怎麼一回事啊嗚！這不素糾在交碗！」

似乎是咬到舌頭吃螺絲了，她伸出舌頭看起來很痛的樣子。

這下不好，因為愛爾咪老師那種「怎樣啊……」的得意表情實在太煩了，所以就忍不住跟她對抗起來……真不該跟變態爭這個，情況演變得有夠麻煩。

我慌忙地辯解。

「就說沒在交往嘛。只是單純就住在隔壁而且又是同行，所以保持著良好關係而已。」

「但是……餅乾……」

看到她一臉沮喪的表情，引發出我的罪惡感。

「啊，和泉老師把她弄哭了～～」

「我、我才沒把她弄哭。」

為什麼情色漫畫老師一戴上面具，就會變成這麼棒的性格啊。

話說回來……

妖精最近之所以不停地烤餅乾，我想大概是想跟席德對抗吧。之前「輕小說天下第一武鬥會的慶祝會」上，大家都對席德的手工餅乾讚不絕口……我猜她是因此不爽了。

畢竟她很不服輸嘛。

我稍微思考一下以後，開口這麼說：

「喔，原來如此。我一定是被當成為了作出美味餅乾的練習對象了嘛。」

「咦？」

「今天要給最喜歡的愛爾咪老師吃的餅乾才是正式版本吧。」

「！」

情色漫畫老師

原本還很消沉的愛爾咪老師，有如夏天的向日葵般綻放出笑容。

「是嗎！是這樣子啊！什麼嘛！害我白忌妒了！」

她連手帶腳地把坐墊用力抱緊。

「耶嘿嘿嘿嘿……真是的，好可愛！好可愛喔！」

我覺得妳這反應才真是笨得可愛。

可是，不知為何就是不會感到臉紅心跳。

雖然這樣講對這種美少女很失禮……但總覺得這就像是跟弟弟或是男性朋友講話的感覺。

變得害羞的愛爾咪老師，毫不拘泥地拍著我的肩膀。

「喂！征宗！其實你是個滿不錯的傢伙嘛！雖然是個矮子！」

「！唔，矮——不要叫人矮子！我只是身高比班上的男生要稍微低一點點而已！現在還在發育中！」

「啊哈哈哈，好像是輕小說裡平胸女主角的台詞喔！」

「居然這麼不以為意地觸碰他人自卑的地方！不要以此為樂啊！」

「……哼嗯，明明自己總是在小說裡用平胸梗作弄女主角們……自作自受啊。」

情色漫畫老師小聲地說著。

——的確，被這麼一說很難受啊！

我用力閉起眼睛，緊緊握住拳頭。

「唔！真的很抱歉……我所撰寫的歷代女主角們啊！雖然是必備的橋段，但每次都被說是『扁平胸』或是『砧板』之類的……一定很痛苦吧！也當然會憤怒吧！明明不是自己喜歡讓胸部生來就那麼小的……明明都是情色漫畫老師沒有實際看過巨乳就畫不出來的錯……！」

「不要把責任轉嫁給我啦……」

「因為畫出妳們的傢伙，就是個平胸啊可惡！」

「喂！之後你給我等著瞧！」

情色漫畫老師在我的胸口怒吼。

看到這一幕的愛爾咪老師，不禁捧腹大笑。

「啊哈哈哈，你們兩個實在太有趣了！好，征宗！情色漫畫老師！你們可以直接親暱地稱呼老子愛爾咪就好喔！」

「我從一開始就這麼叫了。」

「會把我的身高當成梗來作弄的傢伙，我才不會叫得那麼親暱咧。」

「你那麼在意喔！抱歉啦！」

愛爾咪老師再度啪啪的拍打我的肩膀——不，已經可以直接叫愛爾咪了。

此時，妖精端著放有茶跟餅乾的托盤回來了。

「哎呀呀，你們已經變得這麼要好啦。」

「才沒有很要好。」我這麼說著。

「別說那麼冷淡的話嘛！」

愛爾咪用力抱緊我的肩膀。

嗯～～果然不會心動。肩膀都已經頂到胸部，卻一點也不會臉紅心跳。

我瞇著眼對她說：

「別這樣啦，熱死了。」

「很好，合格！」

「什麼合格啊。」

「嘻嘻，就是你看來不會喜歡上老子我這一點。像你這種傢伙，似乎就能跟我成為好朋友。」

「什麼鬼啊。」

「征宗你啊～～應該有喜歡的人對吧？」

「什……俗麼……！」

「喔，猜中了！」

愛爾咪開心地用什麼都沒穿的雙腳互相敲打。她伸出充滿健康美感的雙腳，讓人感到無比豔麗。如果紗霧在我面前做相同的事情，心臟大概會爆炸吧。

「……妳竟然用話語誘導我。」

我雖然瞇著眼睛瞪她，但也沒在生氣。聽著那有如頑童般的笑聲，不知不覺間就已經不再討

厭愛爾咪了。

「因為老子很可愛啊——如果不是有超級喜歡的人在，一般人立刻就會喜歡上我了。」

……看來也不是自信過剩，真叫人火大。

妖精在一旁很滿意地微笑看著我們交談。

「那既然大家像這樣變得如此要好了——就來開始『插畫奧義』的揭曉會吧！」

・

大家圍著矮桌，所謂的揭曉會開始了。

從左邊依序是妖精、愛爾咪、我，所有人依照這樣的位置關係並排坐在沙發上。

我的胸前則是情色漫畫老師。

「妳說要讓我們見識一下愛爾咪的『插畫奧義』——」

情色漫畫老師立刻進入主題。

「不用那麼著急嘛，先來品嚐這些再說吧。」

愛爾咪大口吃著餅乾同時說著。

「好吃！好吃！太好————吃啦！」

再怎樣好吃，這傢伙的反應也太誇張了吧……

妳是美食漫畫裡的評審嗎？

「謝謝讚美。愛爾咪還是一樣有著非常棒的反應呢——」

妖精優雅地喝了一口紅茶，接著「呵呵」的微笑。

「好啦，征宗跟情色漫畫老師也不用客氣快點吃吧。這道本小姐做的究極餅乾！」

「喔、喔，但是……」

我往情色漫老師瞄了一眼。

「嗚嗚……隔著畫面沒辦法吃，還有我不認識叫那種名字的人。」

「……我會當成禮物拿回去的，等會兒再一起吃吧。」

「……我自己一個人吃。」

「…………這樣喔。」

我們暫時享用著妖精所準備的餅乾與紅茶。

情色漫畫老師則用很怨恨的眼神看著這些餐點。

「如何啊？跟國光的比起來，本小姐做的餅乾比較美味吧？」

「妳果然是在跟席德較勁啊。」

「哼，不行嗎？所以——如何啊，征宗。本小姐跟國光的餅乾，你會選哪邊？」

「什麼啊，這種像是美少女遊戲選項的問題……」

順帶一提，獅童國光——席德是我一個很擅長製作甜點的後輩作家。

老實說，雙方製作的餅乾都很美味，實在很難分出高下。

只不過……總覺得有很細微的差距。

「哎，這次是妖精贏了。」

「太棒了♪」

妖精看起來很開心地擺出勝利姿勢，而且似乎很滿足地笑著。

「呼呵呵，就是說嘛！就是說嘛！本小姐製作的甜點可是灌注『心意』在其中！所以好吃是理所當然的！」

「唔——」

情色漫畫老師發出不滿的聲音。

「灌注『心意』在裡頭——是嗎？」

「嗯？愛爾咪，怎麼了？」

「沒有啦，結果『那個』還是創作系的最強招式呢——就只是這麼覺得而已。」

愛爾咪的牢騷，帶有自嘲的感覺。

「老子我可不是很喜歡『那個』啊——你們知道老子以前的綽號嗎？不是『只是畫得好的繪師』就是『機械裝置愛爾梅麗亞』。就好像在說老子我的圖裡，並沒有融入真心進去呢——」

「啊，好懷念喔！這不是還住在那邊時，本小姐幫妳取的帥氣綽號嗎？」

「嘖，想忘都忘不掉咧。第一次見面就給人取這種綽號，別人在意的事情還這麼若無其事地挖出來講。」

「沒錯沒錯，愛爾咪明明是被叫來當年紀相近的朋友兼繪畫的家庭教師，可是卻笑著把本小姐這個雇主的女兒給踹飛了呢。現在回想，還真是最糟糕的初次見面！」

雖然不知道是幾年前的事情，但妖精從以前開始就是個初次見面時會給人不好印象的傢伙啊。

——跟我第一次見面時也是這樣。

妖精閉起單眼，豎起一根手指。

「不管什麼類型的何種畫作，只要客戶要求就畫得出來。不管是哪個人的哪種畫風或哪種技術，只要看一眼就能正確無比地模仿——可說是稀世的天才少女。可是她的畫作中沒有真心也沒有靈魂，所以無法撼動人心。因此絕對無法跟『正牌』的匹敵——」

妖精有如歌唱般說著。

「第一次跟本小姐見面時，亞美莉亞・愛爾梅麗亞就是個這樣的繪師。」

「簡直像是勁敵角色般的設定。」

「呵呵，形容得很好嘛，征宗。『複製他人的能力』這可是創作裡經常被使用的『三大作弊技能』之一喔。『寫輪眼』、『自豪的掠奪（Pride Snatch）』、『完美無缺的模仿（Perfect Copy）』、『盜賊的祕訣（Skill Hunter）』——雖然不勝枚舉，但從創作者的角度來看……嗯，真的是最適合當成陪襯角色的設定了。實際上，以前的亞美莉亞可是完全重現『陪襯用的最強角色』這種設定的天才少女喔。所以當然會被第一次見面的美幼女嘲諷嘛！」

「哈哈哈哈哈！」

面對妖精有如挑撥般的台詞，愛爾咪捧腹大笑著。

「老子我就是最喜歡妳這點了——既然都被全力嘲諷成這樣，當然就產生了『這死傢伙，總有一天要給妳好看。』這樣的想法啦。」

「……這我超能體會的。」

——好樣的，妳這隻混帳死妖精。我一定要贏給妳看。

我也是這樣。

「對吧……不過，那是以前的事了，這個弱點我早已經克服。」

愛爾咪很壞心般地抿嘴一笑。

繪製沒有灌注真心的圖——這句話代表她已經不再是『冒牌貨』了吧。

「弱點已經克服了～～？是這樣子嗎？只要稍～～微粗心大意點，愛爾咪妳就算是現在也還是會畫出『都已經全裸了可是卻一點也不煽情的女孩子』來啊。」

「啊？妳在說啥鬼話？這是講之前因為『暗黑妖精』的插畫，然後妳跟老子我大吵一架時候的事情嗎？那是原作者大人的文章寫得一點也不煽情的問題吧。那樣子老子我這邊也完全提不起勁來畫啊。」

「妳說什麼！那、那時候本小姐的確是有點沒幹勁，所以文章也有點微妙啦！但這時候只要妳畫張超讚的全裸插畫送過來，本小姐就能幹勁ＭＡＸ燃燒，重寫出最棒的文章啦！可是結果咧？那種毫無灌注心意的全裸是什麼鬼！那種東西，本小姐的小雞雞可不會有任何反應啊！」

「妳這傢伙哪邊長出小雞雞了！有種說來聽聽啊！」

「在本小姐心裡！」

…………………………

雖然這對美少女的吵架內容實在不堪入耳——

但她們這對搭檔感情非常要好這件事，已經強烈傳達給我了。

「得來證明一下老子已經克服弱點，餅乾也吃完了，開始吧。」

愛爾咪用濕紙巾仔細地把手指擦乾淨，然後拿起筆來。

「讓你們見識一下——老子我的『插畫奧義』！」

「……終於來了……好！」

情色漫畫老師的語氣變得無比認真。畢竟原本就是為了打破陷入瓶頸的現況，才會被妖精帶到這邊來的。

「……我也得仔細看清楚才行。」

繪畫方面是外行人的我，就算看了愛爾咪老師的工作過程——也不知道能不能獲得什麼。

雖然不知道，但是為了情色漫畫老師，還是得拚盡全力才行。

——而且，我也單純地很感興趣。

因為插畫家全心全意畫圖時的身影，實在非常帥氣啊。

「這樣啊～～說得也是。艾蜜莉，妳能在那邊稍微擺個姿勢嗎？」

「啊，要拿本小姐當模特兒嗎？沒問題啊——像這樣子嗎？」

妖精坐在沙發上翹起二郎腿，擺出後仰，不可一世的姿勢。

「嗯，超可愛的！不愧是老子的老婆！」

「嘿嘿嘿，那當然！畢竟是本小姐嘛！」

我對露出燦爛笑容的妖精詢問：

「在電車裡頭就算被稱讚也若無其事，現在看起來倒是挺高興的嘛。」

「被不認識的人稱讚跟被朋友稱讚，完全不一樣喔。」

「是這樣嗎？」

「就是這樣，你也快點稱讚本小姐吧。」

「好啦好啦，很可愛很可愛。」

「呵呵呵～～這本小姐當然知道！」

妖精滿足地露出笑容。

當我們進行這種對話時，愛爾咪拿著筆在一旁仔細觀察妖精。

彷彿就像準備拔刀而出之前，充滿緊張感。

「嘶——呼。」

進行一次深呼吸之後——

「要上嘍！」

愛爾咪疾筆一揮。開始在液晶畫面上，畫下妖精的全身。她並沒有改變頭身造型，而是寫實的畫作。簡直就像把現實摹寫下來一樣……一……樣……

「喂、喂喂……愛爾咪，這個是……」

我察覺到愛爾咪所畫的事物的真面目，因而感到顫慄。

愛爾咪則是連往這邊瞄一眼都沒有地大喊：

「不要跟老子說話！現在正起勁啊！好……很好……完成了！」

妖精以得意忘形的語氣問：

「成果如何啊？雖然我不會懷疑妳的技術——但有把本小姐的美貌完整表現出來嗎？」

「這連我自己都覺得完美！對吧，征宗？情色漫畫老師？」

「不、不要問我啦！」

因為某種理由讓，我只能這樣回答。情色漫畫老師也沉默不語。

妖精見狀皺起眉頭，並側著頭。

「氣、氣氛怎麼好像怪怪的……」

此時妖精好像突然想到什麼似地睜大眼睛，接著猛烈站起。

「那、那張圖給本小姐看一下！」

妖精繞到這一邊看著液晶畫面，出現在她眼中的是——

「愛爾咪妳這傢伙啊啊啊啊！這張圖！為什麼本小姐是裸體！」

「說明一下！這是能將可愛的女孩子宛如透視般描繪而出，由老子我的『師父』傳授的必殺插畫奧義！」

鏘！愛爾咪擺出一個強而有力的勝利姿勢，同時這麼大喊：

「招式名稱就是**『裸體分析好痛！』**」

妖精用力地捏她的臉頰，讓愛爾咪變成＞＜的表情。

「等等！艾蜜……好痛啊！快住手……對不……妳這奔蛋！」

「本小姐跟愛爾咪妳一起洗澡已經是幾年前的事情了啊！為什麼妳能夠把最新版的全裸妖精大人畫得如此正確！」

「這就是這種奧義嘛！因為老子最喜歡妳了！」

「妳根本沒回答問題！雖、雖然原理已經想像得到了……真、真受不了……！」

此時我低聲自言自語地說：

「啊，這張圖……很正確呢。」

「！……嗚……真、真是的！不要看！快刪掉！」

像這樣有如『普通女孩子』般感到害羞的妖精，我說不定是第一次看到。平常的話總覺得要

更……該怎麼說呢？會自己展現給人看的感覺吧。

就因為這樣吧……讓我不由得對妖精感到心動。

妖精終於把愛爾咪的臉頰解放開來。

「可惡！就是會這樣啦！對這個情色插畫家提出『讓我們見識「插畫奧義」』這種要求的話，早就該知道會變成這樣子了……！本小姐真是笨蛋！」

「痛痛痛……痛死了——老子我可是有自行深入猜測可愛搭檔的想法，然後確實回應妳的請求耶！」

「本小姐知道啦！也早就知道啦！雖然已經知道了……但卻完全超乎預期啦！啊啊真是的！受不了妳那個想出這種白痴必殺技的師父啦，真的是一個色到不行的變態女人！痴女啦！痴女——」

看來教愛爾咪畫圖的師父是名女性——而那名女性似乎就是剛才公開的情色奧義的創作者。

不，應該說……就連我這麼遲鈍的傢伙，也已經慢慢地、微微地察覺到了。

妖精要介紹我們跟愛爾咪認識的理由。

還有，愛爾咪跟她師父的「真實身分」……

想必情色漫畫老師也已經發現了。

就是因為這樣吧……

「欸，愛爾咪。妳的師父……是個什麼樣的人？」

情色漫畫老師以認真的語氣詢問。

愛爾咪有如察覺到問題的含意般「咿嘻嘻」的笑了。

「說得也是……用一句話形容……」

「用一句話形容的話？」

「大概就是比老子還要糟糕好幾倍的感覺吧。」

那還真是糟到不行。

「師父是個時常搞不懂她在講什麼的人。該說是感覺派呢？或者是天然呆系的天才。雖然是個非常厲害的插畫家，但似乎沒有半點教導他人的才能呢。現在回想起來，真虧那個人能夠培育出像老子我這樣了不起的徒弟。不過老子我也很清楚啦，有很多部分是靠自己鍛鍊起來的。」

愛爾咪講到師父時，看起來非常開心。

她露出虎牙，展現出笑容。

我催促她把話繼續說下去。

「天然呆系……例如說那一方面？」

「她是個明明要畫風景畫，卻會要我穿上色色的角色扮演服裝的人。」

「那不就只是想看妳角色扮演而已嗎！」

跟風景毫無關係嘛。

「老子我也是這麼想，還生氣地罵說白痴師父妳這樣再怎麼說也太超過了吧！信不信老子我教訓妳一頓啊！可是——可是啊……不知道為什麼，只要照著師父說的話做，每一次都能夠畫出超棒的圖喔。」

「…………………」

「如何啊，完全搞不懂對吧？感覺腦袋都變得奇怪了吧？」

完全認同，真的是搞不懂。

不過……

——我想看會讓人感到嗶嗶嗶的女孩子！

紗霧也滿常有這種情況的。

「當時的老子啊，拚命解讀不會正常講話的師父所講的這些意義不明的教誨。不過，總之『那個人』想講的就是——」

「——『要灌注真心去畫圖』這件事吧。」

愛爾咪對自己講出來的話，似乎感到很害羞。

「啊～～好丟臉。老子我啊，一直以來都是用理論來學習作畫的。『心』、『愛』、『關懷』或是『共鳴』之類的——這種像是超自然現象的東西，老子我實在是很討厭。可以的話，真不想用這些詞彙啊。」

「……這我稍微可以理解。」

小說也是一樣。

「灌注真心去撰寫小說吧」——如果有人說這就是寫出優秀小說的訣竅，我也會覺得很模糊吧。畢竟一點也不具體，而且很籠統。

但是對於持續撰寫小說的我來說，又覺得這理論壓倒性地正確。

為什麼？那是什麼意思？就算你這樣問我也很困擾，因為我無法具體地說明。

「為了畫出『優良畫作』所需的技術，結果也就只是技巧的累積而已，雖然只要用理論就能說明一切，但『優良畫作』畢竟只是『優良畫作』，不會成為『厲害的畫作』。」

雖然畫出『優良畫作』的方法能夠用理論教導。

但要畫出『厲害的畫作』的方法就不會只限於此——愛爾咪老師這麼說著。

「何謂『厲害的畫作』呢？」

情色漫畫老師詢問著。這是非常純粹，直逼本質的問題。

愛爾咪老師這麼回答：

「就是能撼動人心的畫作，能夠讓人看見光芒的畫作。會產生喜怒哀樂，讓觀看者感動的畫作。從科學角度來講，就是會讓多巴胺或血清激素這些腦內物質的分泌量產生變化的畫作吧——至於為什麼會有這種變化，就完全不知道啦。不管是畫作、風景或音樂都一樣，『為什麼人們接觸厲害的東西後會感動』，進而延伸出『要如何才能創作出讓人們感動的事物』——目前的科學好像還沒辦法說明。雖然並非老子我心甘情願，但也只能依靠白痴師父的超自然理論了。」

『要灌注真心去畫圖。』

「這跟鑽研對戰遊戲到極限後，最終就會變成賭運氣這點很相似喔～藝術之類的創作，無論如何最後都會走到精神論上頭啊～」

愛爾咪突然坐到沙發上一副傲慢的樣子，不斷轉動著腳趾頭說：

「雖然這只是老子我獨自的解釋，但所謂的『灌注真心』就是以自己心中『感動過的體驗』為素材，加以組合加工來創作出作品。『為什麼那時候會感到超級心動呢——』回想起這種感覺，模仿造成這種原因的事物來描繪——這樣講懂嗎？」

「搞不懂。」「……………………稍微懂。」

「本小姐完全能懂！這是愛爾咪才能創出的獨自解釋呢！」

大家有著各自的回答，當然只有妖精能充滿自信地回應。

不過我想這也已經比『原本的教誨』還要簡單易懂上百倍了吧……

我豎起手指說：

「如果能說點更『具體點的例子』的話會比較好懂。」

「……『具體點的例子』……比如說？」

「例如說——當愛爾咪老師全力、認真地想要畫出『超可愛的女孩子』時，會怎麼做呢？」

「————那是……」

「那是？」

「……………………那個嘛……就是……」

愛爾咪的臉龐緩緩變得火紅。

「……就是……就是會……嗚嗚……」

看來很強悍的眼眸變得溼潤，還帶有讓人光看就感到難過的憂愁。

那個表情不是害羞。

也不是憤怒。

——啊……我知道這種表情。

這在鏡子裡看過無數次，這種感情是——

「我會『畫戀愛的女孩子』。」

愛爾咪老師這麼說著。她緊緊抓住胸口，並咬著嘴唇。

她以顫抖的手指握住筆，將剛才畫到一半的線畫——

塗上顏色。

「就像這樣，在描繪的途中——回想起戀愛時的過程。」

將生命灌注進去。

「想著最喜歡最喜歡最喜歡最喜歡最喜歡最喜歡，喜歡到無法自拔的人的表情……將自己內心不斷湧出，無法處理的心情……當成『素材』。」

好難受，喘不過氣來，胸口好痛。

「平常雖然都把這些心情組合後加工，但如果是這次的要求那還是『自然』就好。」

我完全能將感情移入她身上。

根本不需要看即將完成的圖。

——哥哥，我，有喜歡的人。

激烈的「共感」折磨著我的內心，她應該也有著相同的「體驗」吧。

「……腦袋裡被無可奈何的心情攪得亂七八糟……內心被搞得七葷八素……把這些都放進畫裡。」

想必那一定是極為殘酷的「失戀」記憶。

是無法捨棄，可是又不知如何是好的「悲戀」的思慕之情。

要比喻的話，就像是即使被銳利的尖刺深深刺中，依舊強而有力地跳動的心臟。又或者說，就像是愛上不該結為連理的對象之人的末路。

「像這樣赤裸裸地畫圖，應該就有很高的確率會戳中人心吧。畢竟出生到現在連一次都沒有陷入戀愛的傢伙，實在是很少啊——」

她懷抱著會讓胸口漲裂的心情畫圖——

灌注真心。

「嘶～～～～～～～～～～～～～～～～」

她大大吸氣，接著站起來大喊：

「好喜歡妳啊啊啊啊啊啊啊啊啊啊啊啊啊啊啊啊啊啊啊啊啊啊啊啊！」

大吼到聲嘶力竭為止後——她耗盡氣力倒在地板上。

愛爾咪氣喘吁吁，有如瀕死般說：

「……大概就是像這樣畫出來的……懂了嗎？」

雖然一點也不理論也不科學。但是她親身實際演練的「畫出厲害畫作的方法」，卻讓我徹底地理解，同時也有超群的共同感受。

或者該說，感覺「我寫小說時，也都是用類似的方式」吧。

這讓我也很擔心。

「……愛爾咪老師……妳每次畫圖時，都要像這樣來一次嗎？」

「每次都這樣的話……會死…………」

也是啦，這我了解，精神可承受不住啊。

她變得滿身大汗，到現在都還站不起來。

「剛才這是為了讓你們輕鬆看懂才做的啦——再說啊，都是你們出的題目也太準確了才會這樣……啊啊，累死了。」

愛爾咪發出嘿咻一聲，撐起身體並在原地站起來。

「好啦，完成了。」

她把液晶手寫板遞給我。

我和情色漫畫老師一起看著完成的插畫。

「————」

上頭畫的跟剛才一樣，是妖精不成體統的模樣。

現在已經塗上鮮艷的色彩。

妖精介紹愛爾咪給我們認識時所說的話，我現在終於能夠理解其中含意了。

「…………嗯，原來如此。這樣的確很直接了當。」

這幅釋放出想讓人一親芳澤的魅力，彷彿能看見耀眼光輝的插畫——有股撼動人心的力量。

讓人對畫裡描繪的楚楚可憐少女懷抱戀心。這幅畫就是灌注了如此程度的心意。

「…………好懷念。果然……這是——」

情色漫畫老師與紗霧，以沒有使用變聲器的聲音小聲說著。

「是媽媽的畫。」

那聲音，好像隨時會哭出來一樣。是聽起來似乎很開心，但似乎也很不甘心的聲音。

「沒錯。」

愛爾咪看著紗霧點點頭。

「這是已經不在的師父──教導老子的最終奧義。將真心灌注到畫中的『必殺技』。」

她將單手往橫向伸出。

接著從妖精那接下某個黑色物品。

「『情色漫畫老師』這實在是個不會想用來自稱的羞恥筆名──大多數的傢伙都會覺得根本沒人想要這種名字吧──」

愛爾咪把從妖精那拿到的「那個」──也就是黑色的面具，緩緩戴上。

「可是啊，那是教導老子我『畫圖的方法』的超級恩人之名──也是老子我那又色又白痴的師父，使用的超特別筆名。」

她用力握緊拳頭──大喝一聲說道：

「這可不能平白送給妳！就算是師父的女兒也一樣！」

「！果然……愛爾咪妳就是──」

——會開始畫插畫的契機……是因為媽媽教我畫的。

——「情色漫畫老師」是……我的……我的…………教我……

——是教我畫圖的人。

「『情色漫畫老師Great』！」

一切都連接起來了。不管是初代情色漫畫老師的真實身分還是情色漫畫老師Great的真實身分，就連偽裝成影片被入侵和那個演出的機關也一樣。

「呵呵，你們終於知道一切了呢——情色漫畫老師Great這真是很帥氣的筆名對吧。」

妖精很俏皮地閉上單眼。

「那可是取情色漫畫老師的師兄為含意，由本小姐取名的喔！」

「妖精！這麼說來——」

「愛爾咪在你們的新作發售日看到《世界上最可愛的妹妹》後，就找上本小姐尋求合作。她說現在正是將『冒牌』的情色漫畫老師徹底打垮的時候！」

那個時候，我就已經聽說所有的事情嘍——妖精這麼說著。

也就是說，從情色漫畫老師跟Great初次相遇那時就已經……

「妳竟然背叛我們嗎！」

「背叛？呼呵呵呵，征宗你也太傲慢嘍——偉大的本小姐到底是什麼時候說過要成為你這種三流作家的同伴了？只不過是最近稍～微有點利害一致而已，請不要搞錯了好嗎？」

「什麼……」

妖精發出嘖嘖聲揮舞手指，用爐火純青的反派語氣說：

「這次本小姐要成為情色漫畫老師的敵人！之所以會帶你們過來，也是為了給予你們更強烈的絕望——來吧，愛爾咪！不，『情色漫畫老師Great』啊！把他們解決掉！」

「讓老子我重新講一次吧——紗霧！」

「！」

「這個筆名是不會讓給妳的！如果想要的話，就把老子我打倒看看吧！」

「…………………………不用妳說…………」

「不用妳說，我也已經不會再輸給姊姊妳了！」

「——————」

Great就這樣指著紗霧不動，紗霧也以更加激動的聲音繼續說：

「我！我要……！跟哥哥一起實現夢想！怎麼可以在這種地方輸掉——！就、就算很羞恥……我也要做！要做給妳看！把我的心意全部灌注進去！我會畫出絕對不輸給姊姊——還有媽媽的插畫！」

「這就是我的『情色漫畫精神』——！」

說完後——

情色漫老師中斷通訊了。

愛爾咪——Great把黑色面具取下。

「姊姊……嗎？」

像是自言自語般小聲說著。

「這樣子——可不能輸給妹妹了呢。」

笑著露出虎牙的表情，看來極度好戰。

同時，看起來也非常開心。

日子一下子就過去了——來到「剝奪面具生死戰」的前一天。

時間是傍晚。

「終於就是明天了。」

才剛從學校回到家的我，在客廳看著天花板自言自語。

那天，我們知道了情色漫畫老師Great的真實身分，重新堅定了對決的意志。

從那時開始，紗霧就關在「不敞開的房間」裡頭，進行繪畫特訓。

紗霧——她為了打倒Great是否已經修得奧義，是否有發現致勝的機會，現在都在思索些什麼。我完全不得而知。

要說有變化的地方，就是又開始會踩踏地板，好好吃飯而已吧。

不對，光這一點根本只是無所謂的變化。

「…………真讓人冷靜不下來。」

明明不是要我一決勝負，可是卻緊張到整個胃都縮緊了。

就在這時候——

咚、咚，天花板傳來聲響。是比平常小聲又溫和許多的踩地板。

也是妹妹呼叫哥哥的訊息。

「……這麼溫柔的踩地板是什麼啊……就連我也不知道意思了……」

不過，我感覺到了。

我走上階梯，再度站在「不敞開房間」前方。

「紗霧，怎麼了嗎？」

敲敲門之後沒多久門扉打開了，紗霧從裡頭現身。

這是半年來，已經重複許多次的流程。

可是，當我看到妹妹的模樣時……

「————」

我無法言語。以前當紗霧穿得漂漂亮亮出現，還有展現浴衣的那時候——我都因為受到極大的衝擊而變得無比慌張。

可是，這次的驚訝跟那些時候都不同。

有著強烈的既視感。

「紗霧……那件……衣服是……」

「……嗯……」

紗霧低著頭，手指交叉在面前，忸忸怩怩地搖晃身體。

似乎是剛洗好澡，她的臉龐非常火紅……

有股微微的熱氣，從妹妹的身上伴隨著甜蜜的芳香散發出來。

她沒有戴著耳麥。

紗霧的嘴唇微微發抖，用自己的聲音緩緩地、很夢幻地——

「……這是第一次見面時，穿的……衣服。」

這麼說著。

簡單的女用襯衫與裙子。是一個女孩子為了與新的家人見面，才拚命努力把自己打扮得漂漂亮亮的吧。這套可愛的服裝，讓人想像出這樣的故事。

然後，這也是……

我對妹妹一見鍾情時——紗霧穿的服裝。

「好懷念啊，那套衣服。」

「……那個……我覺得，今天果然還是……要穿……這套。」

「？」

實在聽不太懂。她還是老樣子，面對面時就變得很不會說話。

紗霧稍微抬頭瞄了我一眼後……

「～～～～～～～～～～～～～」

立刻像無法忍受害羞般，又低下頭來。

她看起來好像緊張到全身僵硬，肩膀也微微發抖。

「妳、妳還好吧？」

「……沒……問題……」

因為擔心而出聲詢問，但妹妹緊張的情況卻不停惡化。明明最近已經慢慢可以很自然地交談……但現在跟妹妹之間的距離，好像又一口氣拉開了。

簡直就像時光倒回到初次見面的那一刻。

總覺得讓人沮喪，還感到一股苦悶的鄉愁。

「已經是一年半前左右的事了呢，我們初次見面的時候。」

「……嗯……差不多那麼久。」

「妳好像稍微變得比較成熟了喔。」

「……真的？」

面對妹妹的詢問，我點點頭。實際來說，從今天的紗霧身上，能感受到一股成熟的氣氛。

雖說也可能是……洗好澡後，讓魅力也增加了。

但感覺又不只是如此……

「總覺得看到今天的紗霧……好像比平常都要來得讓人心動。」

「…………………………笨蛋。」

要忍住想緊緊抱住她的衝動實在很辛苦。

我把自己的視線從害羞低著頭的妹妹身上拉開，嘗試著改變話題。

「呃……妳是為了讓我看這套衣服才叫我過來的嗎？」

「…………」

紗霧搖搖頭。

「不是嗎，那是……」

「那個……啊……」

紗霧把手緊握在自己前方，臉龐變得火紅，肩膀也用力緊繃著。

「……有件事，想要拜託……哥哥。」

「這樣啊，不管什麼是都儘管說吧。」

我立刻回答。

紗霧抬起頭來，睜大了眼睛。

「可以嗎？」

「既然妳會這麼鄭重地問我，想必是很重要的事情吧？」

我拍拍胸脯笑著說：

「那麼，不管什麼事我都會幫忙！因為我是妳的哥哥嘛！」

「這、這樣啊。」

紗霧小聲地細語後，折返回房間。

「進來吧，祕密特訓…………要進行最後的潤飾。」

稍微躊躇一下之後，我跟在紗霧後頭踏進「不敞開的房間」裡。

紗霧坐到床上，接著指著自己面前。

「哥、哥哥……你坐到……這邊。」

「喔、好……」

為、為什麼要坐到床上……？跟、跟平常一樣坐在地板上不行嗎？

雖然內心浮現各式各樣的疑問，但卻沒有餘裕能開口詢問。

我照妹妹所說的跪坐到床上後，紗霧用緊張的表情開口說：

「……不、不要動喔。」

「……喔、嗯。這樣嗎？」

「……對……然後……那個……閉、閉上眼睛。」

「要閉上……眼睛嗎？」

「沒、沒錯。」

…………………………怎、怎麼回事啊？

紗霧要我閉上眼睛……到底打算做些什麼？

「快點……你不是說什麼都願意做嗎？」

「……說得沒錯。」

既然是自己說出口的話，就得要負起責任才行。

「像——像這樣？」

我照她說的閉上眼睛。因為封閉視覺的關係，意識都集中到耳朵上。

心臟因為緊張發出激烈的跳動聲。但就算混雜著心臟聲，還是能微微聽到——紗霧的呼吸聲。

呼、呼吸聲？

「什……什麼——」

就在我臉旁邊，紗霧的臉也近在咫尺。

這點我很確信。

「——唔——紗、紗——」

「不、不要動……就保持這樣。」

「嗯、嗯。」

耳邊傳來妹妹的氣息。

我用力閉緊眼睛，以握緊雙拳擺在膝蓋上的姿勢顫抖著。

緊握的拳頭因為太過用力，於是漸漸變得沒有感覺。結果——

「！」

一股輕柔的香甜氣息刺激著我的鼻腔。

接下來，胸口附近有著柔軟的觸感——

「紗、紗紗紗……紗霧？」

就算不睜開眼睛也很清楚，我現在正被妹妹抱住。

「別、別亂動……就這樣……」

我不行了，其實我已經死掉了對吧。

這一定是快斷氣前會看到的那種……反映出自己願望的夢境，這個狀況就是缺乏現實感到這種地步。

「還、還沒好嗎……？」

「還、還沒。」

「麻、麻煩……麻煩妳說明一下！最、最後的……特訓到底是……！」

我勉強擠出聲音。為什麼我會被妹妹抱住，如果現在不能馬上聽到個可以接受的理由，我會……我會……！

「……充電。」

紗霧低聲說著。

「咦？」

「『充電』……這是為了贏過姊姊……必要的行動。」

「就、就是『學會奧義的方法』……是嗎？」

「…………對、對啊。」

「為、為什麼……還得要……」

得要抱住我才行呢？

愛爾咪——情色漫畫老師Great所實際演練的『厲害畫作』的繪製方式。

初代情色漫畫老師的最終奧義『情色漫畫光線』。

灌注真心到畫作中的「必殺技」。

「…………不懂嗎？」

——老子會『畫戀愛的女孩子』。

——就像這樣，在描繪的途中——回想起戀愛時的過程。

「不、不懂啊。」

如果說緊緊擁抱住喜歡的人——是為了使用「必殺技」所需要的「充電」——這樣我還能理解。可是紗霧喜歡的人不是我，而是另有其人……！

所以我才不懂啊！

紗霧對腦內已經亂成一團的我這麼說：

「……會稍微，為你裝成妹妹的樣子……我曾經這麼說過吧。」

「咦……」

暑假的那個時候。

面對說出「想要家人」這種洩氣話的我……

——我，從來沒有把哥哥當成是家人，也不想成為哥哥的妹妹。

——不過，因為拿你沒辦法，所以就稍微，為你裝成妹妹的樣子吧。

紗霧說出這些話。

「……你現在，是我的……哥哥對吧。」

「——是啊，沒有錯。」

雖然沒有辦法立刻回答。可是，還是能夠這樣回應。

「那麼，妹妹應該可以，對哥哥撒嬌……才對。」

「…………」

沒錯。我們是家人，是兄妹，所以就算這樣子也沒什麼好奇怪的。

即使內心混亂無比，即使對紗霧的「喜歡」還無法做出結論。

就算不知道這個行為的意義。

我還是得裝成是哥哥的樣子才行。

「我、我懂了——儘管來吧！為了打倒情色漫畫老師Great！」

我閉著眼睛這麼說。

結果，紗霧就把頭埋進我的胸口。

「那就……摸摸我的頭。」

「喔、喔……」

我緩緩移動已經整個變得僵硬的手——撫摸著妹妹的頭。

以前也曾經這麼做……結果就演變成奇妙的氣氛了呢。

在那次之後，明明只要每當我想觸摸她的頭髮時，就會被責罵。

「……這樣子……可以嗎？」

「……嗯……」

臉紅心跳，腦袋也暈頭轉向。

明明是妹妹。

但是我最喜歡她了，因為她是我一見鍾情的對象。

不知道自己心臟的聲音會不會被紗霧聽見，好擔心啊。

「…………………」

到底經過多久的時間了呢？也許是幾秒，也可能是好幾小時。

因為閉著眼睛……所以對時間的感覺就像意識朦朧時一樣，變得非常模糊。

不久後，紗霧的臉從我的胸口離開。

經過一陣子的沉默……我這麼詢問：

「已、已經可以了嗎？」

「嗯……好了——張開眼睛吧。」

我照她所說的緩緩張開眼睛。

結果，就看見紗霧在床上端正地跪坐，並且直直盯著我看。她的臉龐有如要噴火般又紅又熱，而且充滿了自信。

「這樣子……祕密特訓……結束了。我想，一定不會輸的。」

「是、是這樣嗎？雖然搞不太懂——但經過剛才這樣做，就能夠使用那個『奧義』了……是嗎？」

「大概。」

「怎麼只有大概。妳應該有照她教的方式——全部做過了吧？」

就是指學會奧義的方式。

本來以為她當然會點頭，但紗霧卻搖搖頭。

「……有點不夠。不過，大概沒問題。」

「那……那不是不行嗎？不好好實行到最後的話——」

我雖然急忙這麼主張……

「不行。」

卻被一句話就否決了。

「為、為什麼？」

當我這麼一問，彷彿可以聽見「轟隆」的音效聲，紗霧的臉也急速變得通紅。因為原本就已經很火紅了，現在就變得跟煮熟的章魚一樣紅。

「~~~~~~~~~~不、不為什麼！」

「現、現在可不是感到羞恥的時候了喔，如果在這裡輸掉的話——」

「也許是那樣沒錯，但絕對辦不到！」

紗霧不停地搖頭表示拒絕。

……「學會奧義的方式」……光是現在的階段，就已經是超級羞恥的行為了……但還說「有點不夠」啊。

所謂「有點不夠」的東西，到底會是什麼呢？

難道說，會是比剛才那個要更加讓人臉紅心跳的行為……

「你、你做出奇怪的想像了！」

「才、才沒有！」

「這才不是哥哥想像的那種色色的事情！那個，因為是……神、神聖的行為！像現在這樣繼續裝成妹妹的樣子，是不行的！」

「？？？」

不是色色的事情——而是神聖的行為。

繼續裝成妹妹的樣子，是不行的。

這到底是什麼意思？我實在搞不懂。

「總之——雖然有點不夠……但、但是對方也一樣，所以我這次絕對會贏過她。」

紗霧直接站起來，戴上面具作出強而有力的宣言。

「所以，就交給我吧！」

隔天。

情色漫畫老師ＶＳ情色漫畫老師Ｇ——「剝奪面具生死戰」當天。

我來到都內某棟大樓裡。

就是紗霧喜歡用的那個影片網站，其營運公司所在的公司大樓。

接下來就要在這棟大樓的攝影棚，進行「插畫對決」的實況轉播。

雖然這麼說，但身為家裡蹲的紗霧當然不會來到這裡。

進行對決的當事者們，就在雙方的家裡轉播繪圖的經過。

轉播會以攝影棚的工作人員將兩人送來的繪圖實況進行編輯，弄成「實況節目」的形式播放。

對決中，攝影棚／情色漫畫老師／Great之間也能夠進行對話。

「…………………唔嗯……怎麼好像事態變得很嚴重了。」

我抬頭看著閃閃發光的大樓自言自語著。

如果說到為什麼會變成這樣，這一切都是神樂坂小姐幹的好事。

因為妖精跟愛爾咪擅自行動，「兩位情色漫畫老師的對決」已經在業界內成為大新聞，被各式各樣的網站報導。

對和泉征宗還有情色漫畫老師的責任編輯神樂坂小姐來說，這種狀況可不能置之不理。她立刻（在完全沒有跟我討論的情況下）跟情色漫畫老師Great接觸，進行各方面的調整——而結果就是……

現在「情色漫畫老師ＶＳ情色漫畫老師Ｇ　剝奪面具生死戰」似乎已經被當成是出版社主導的公式活動了。

再重複一遍，這完全沒有跟我商量過。

身為當事人之一的我，雖然透過電話得知這件事，但責任編輯卻用平常那種說玩笑話的語氣這麼說——

『好不容易都引發話題了，所以我就試著安排成宣傳和泉老師新刊的活動風格嘍！如果有促銷效果的話就太好了呢！』

「說什麼太好了！事、事情變這麼大條，到底要怎麼收拾啊！」

『原本就已經很大條了不是嗎～～沒問題沒問題啦♪只要贏了就好啦，能贏的話——贏了就能夠變成超棒的宣傳喔♪』

「怎麼這樣！如、如如如、如果輸掉的話——」

『就算輸掉那也還是能成為不錯的宣傳就是了，只不過情色漫畫老師應該會因為真面目曝光的衝擊而變得無法畫圖，畢竟她很纖細呢。』

講得那麼輕鬆。

「剝奪面具生死戰」——如果情色漫老師輸掉這場對決，就得在全國網路上把面具脫下。

這麼一來，我想……心靈脆弱的紗霧就再也無法以插畫家進行任何活動了吧……

『因為《世界妹》這個作品是沒辦法變更插畫家的類型。所以如果情色漫畫老師沒辦法再繼續繪製插畫的話，和泉老師的新作也會同生共死地一起等著被腰斬。真是個充滿刺激感的對決呢。』

「既然妳都那麼清楚了，為什麼還……」

『不就是和泉老師妳對我誇下「絕對會贏的所以請放心吧」——這種海口的嗎？』

「是——這樣沒錯。」

從一開始事情就已經很大條了，對情色漫畫老師來說也是個無法逃脫的狀況。雖然她也沒有逃跑的打算。

就是覺得，妳幹嘛還特地弄個大舞台出來。

這樣子注目度會提昇，壓力也超大的……輸掉時的風險不也更加倍增嗎？

完全就是退路被切斷的情況。

——可惡。

神樂坂小姐對著緊咬嘴唇的我這麼說：

『……那個……難道說，搞不好會輸嗎？那樣子的話，我這邊的計畫會被打亂耶……應該不會輸吧？會贏對吧？』

都到這種地步了，這個人是在不安什麼啦！

『如果有輸掉的可能性，一開始就要跟我說啊。因為和泉老師的關係，我已經用獲勝為前提來辦這個企畫了耶。這樣子，這個危險的企畫就等於是和泉老師想出來的東西喔。如果編輯長問到的話，你就要這樣跟他說喔。』

我的確是講過「情色漫畫老師絕對會獲勝」這句話，但那是相信自己搭檔的意思啊——……

唔嗯……還是老樣子，只要跟這個人講話感覺自己就會變得混亂。

難道是我不好嗎……

『呃，就是那個啦……萬一情色漫畫老師輸掉的話，就輪到和泉老師出場了。要讓她能夠繼續畫下去……不對，是得請你要好好支持她，可別讓妹妹因此一蹶不振了。』

「我知道啦！這根本不用妳說！」

我雖然下定決心這樣回答……

但立刻「嗯？」疑惑地歪頭。

奇怪？剛才這個人……是不是有講什麼奇怪的事情？

「等等，神樂坂小姐！妳剛剛說了什麼？」

『咦？到時候得請你要好好支持她，可別讓妹妹因此一蹶不振了——這樣啊。』

「為、為為、為什麼！妳會知道情色漫畫老師是我妹妹……！」

神樂坂小姐很乾脆地對著陷入混亂的我說：

『你問為什麼？情色漫畫老師不就是和泉老師的妹妹紗霧嗎？這我當然知道啊，我可是責任編輯耶。』

「可是！妳不是說過沒有跟情色漫畫老師直接見過面嗎！」

『沒有「直接見過面」喔。可是還是會很一般地進行工作的討論，還有她參加插畫甄選時當然也是用本名啦——再加上還未成年，所以領獎還有開始工作時也都跟母親談過了。就跟之前對你說過的一樣，現在我也還會跟兩位的監護人京香小姐定期聯絡喔。』

「我完全不知道啊！三年來一直跟我搭檔的插畫家是妹妹這件事，我也是到最近才知道的耶！」

為什麼都不告訴我啊！

這麼一問，神樂坂小姐用非常理所當然的語氣說：

『因為個人資料要列入最高機密，是契約時的條件啊。』

「…………！」

是這樣沒錯！確實是這樣沒錯！我也是聽她這麼說的！

可是！可是啊！這不會太過分了嗎！回頭想想跟紗霧重逢時的對話，這群大人們也沒有把我的真實身分告訴紗霧啊！

直到我們察覺為止，都一直當成是祕密。

『因為契約比家族還要優先啊。不過，既然已經暴露給哥哥知道了，所以也能像這樣跟和泉老師討論「情色漫畫老師的真實身分」了呢…………再說啊，「居然連兄妹都要對互相的真實身分進行保密」這種抱怨，情色漫畫老師可是從很久之前就對我說過嘍……和泉老師難道你到現在為止都沒察覺到嗎？』

「唔……」

就是這樣沒錯。

『真是遲鈍呢。』

「唔唔唔……」

不甘心。真是超不甘心的……就是說啊……我自己也說過嘛……

既然是跟出版社接洽工作，那麼客戶對於情色漫畫老師的聯絡方式、身分一定都很清楚——

還用一臉認真的表情說！

唔哇啊啊啊啊啊啊啊啊啊！蠢到爆炸還超丟臉的啊！明明有過好幾次能察覺的機會啊！我這樣子，不就遲鈍到就算被罵說是輕小說主角，也沒辦法否定了嗎！

——就在剛才，有這樣一番的電話交談。

然後現在，我在要進行實況轉播的攝影棚入口前方待機，等候自己的出場時刻。

今天我在這個由出版社在影片網站所舉辦的實況轉播節目裡頭，是以來賓的身分登場。我會跟擔任主持人的固定班底一起收看「剝奪面具生死戰」——然後以評審身分來決定勝負。這個過程，也會以實況的方式讓觀眾們看到。

攝影棚擺設成有點像是記者會會場的感覺，不過如果有看過用脫口秀方式進行的實況節目，腦中應該馬上就能浮現出那種場景了。

「唔唔……開始緊張了……」

本來我就不是會出入這種顯眼場所的類型啊。

而且也想盡可能地避免自己的真實身分在學校曝光。

但是由我親自參加的話，就可以比較方便支援情色漫畫老師，而且也被神樂坂小姐以能夠順便進行新刊促銷為理由說服——可說是在深思熟慮過後才承諾參加的。

……紗霧應該比我更加緊張許多吧，我怎麼可以在這裡消沉呢！

啪！我拍拍臉頰，給自己打氣。

——就在此時。

「那麼，讓我們邀請各個評審們進場！請進！」

擔任主持人的大姊姊在呼叫了。

我勉強動起僵硬無比的身體，朝著舞台移動。

「大、大家好……我是和泉征宗！跟情色漫畫老師搭檔一起撰寫了新作《世界上最可愛的妹妹》！」

呵呵，這下子我也踏入藝人明星的領域了……想著這種偏離主題的事情，我了無新意地打聲招呼跟做點宣傳後就坐下來。

從我這邊看過去，位於正面的大螢幕正在放映影片的轉播，從畫面上就能確認到自己僵硬的表情。

『和泉老師來啦！』『奇怪，怎麼不是美少女？』『好年輕！超年輕的！』『跟山田妖精老師正在交往是真的假的？』『你真的是千壽老師的情夫嗎？』

——等等，雜亂的留言流過畫面。

……雖然混有一部分讓人超想吐嘈的留言。

跟妖精老師正在交往——這就算了。雖然不好，但還是算了，因為這在預料之內。可是——

情夫是什麼！情夫是啥鬼！

我在網路上被認為是村征學姊的情夫喔！

而且我都被認為在跟妖精交往了，還腳踏兩條船去勾搭村征學姊嗎！

怎麼會這樣……這絕對很糟糕啊～～～～～～！

如果因為這節目讓同學們知道我的真實身分，我就再也無法去學校了！

「……哈……哈哈。」

當我裝出僵硬的笑容，其他評審也接二連三地入場。

——這麼說來，都沒去問一下除了我以外的評審是誰呢。

雖然這似乎也是「為了能有公平的審查」所做的處置——

果然，接在我後頭的知名插畫家、有名的Vocaloid創作者、超人氣實況主一個個被叫到名字進入攝影棚。然後最後一個人就是……

「本小姐是山田妖精！以這個『神眼』起誓，必定會進行完美的審查！」

我也很熟悉的暢銷美少女輕小說作家。

做完誇大無比的招呼後，妖精若無其事地坐到我身邊。

「今天也請多指教喔，和泉征宗老師♪」

「…………請多指教。」

我用不愉快的表情看著妖精，然後低聲說：

「仔細想想……的確是這樣沒錯。既然身為情色漫畫老師親屬的我都成為評審了……妳就算出現也不是什麼奇怪的事情。」

「嘻嘻，就是這麼一回事。」

妖精身為情色漫畫老師Great——也就是愛爾咪的好友兼搭檔也在場的話，就能變得比較公平。因為那個神樂坂小姐不可能安排讓己方陷入不利的組合，所以想必這一定是妖精自己強硬安插進來的吧。

不過，也罷。不管怎麼說，只要事關勝負的話，妖精就不會放入私心。

因為偏袒自己人可就「不有趣」了。

「欸欸，征宗♪情色漫老師後來怎麼樣了？難得本小姐安排了讓她發奮向上的能力強化劇情，應該有確實學會奧義了吧？應該能夠跟本小姐忠實的左右手，情色漫畫老師Great來場精彩的對決吧？」

看吧，這傢伙就是這樣的人。

她就是為了能夠跟強敵對決，會開開心心地強化培育敵人的類型。

「不太清楚耶，看完不就知道了嗎？」

我很冷淡地說著。

結果妖精明顯變得洩氣，畏畏縮縮地這麼問我：

「？…………那個…………征宗…………你在生氣嗎？」

我用力地把頭轉到旁邊。

「哼，我討厭妳。」

「！」

彷彿發出「鏮鏘！」的效果音，妖精變得滿臉鐵青。

「為、為什麼啊！嗚嗚……為什麼要說那麼過分的話呢？」

「妳的觀察力那麼強，就算不用問我也應該知道。」

「啊！本小姐知道了！因為覺得被你最愛的本小姐背叛，所以鬧彆扭了對吧！」

「才不是咧，笨蛋。」

為什麼會變成那樣啊。

「咦？這樣子……那個……難道是……本小姐跟Great協力……把情色漫畫老師……逼入絕境，所以你為這件事生氣了嗎？」

不然還會是什麼？為何妳會一副好像不太能確定的語氣啊。

就跟她常誇口的「神眼」一樣，妖精的觀察力敏銳到可怕，能夠完全站在對方的立場上來進行思考——是個很能體恤別人的傢伙。

為什麼會不清楚我生氣的理由呢？

明明就對紗霧做出自己也討厭的事情——卻一點也不愧疚嗎？

嗯？啊，不對……是啊，是這麼一回事嗎？

「……我懂了。妳喔，原來是——」

我的怒氣轉為愕然，並且瞇起眼睛。

「——『站在對方的立場思考』……然後……『把有人對自己做了會很高興的事情對別人做』這樣吧。」

「咦……是這樣沒錯啊。為什麼要問這麼理所當然的問題？『比自己要強悍許多倍的勁敵出現，挑戰絕對不允許敗北難分高下的對決。』——這不是最棒的場面了嗎？而且也是能夠一口氣獲得大幅成長的機會啊——把這麼棒的舞台當成禮物送給你們的本小姐，為什麼要被討厭到這種地步才行啊？」

真是難以接受——妖精淚眼汪汪地嘟起嘴唇。

聽了妖精的說詞，我因為過度驚訝使得怒氣煙消雲散。

「啊啊可惡，妳這傢伙實在是……！還真是堅定不移耶！」

「雖然搞不太懂，但有重新喜歡上本小姐了嗎？」

「只是覺得對妳發脾氣實在很蠢啦！真的是喔——妳變成敵人的時候還真是值得信賴耶！」

「這是最棒的讚美喔。」

當我們兩人代替情色漫畫老師們激出猛烈的火花時，主持人的大姊姊進來打斷我們。

「和泉老師～山田老師～很抱歉在你們打情罵俏時插嘴～但請問一下我們差不多可以開始了嗎～？」

「！請、請開始吧！」

「是啊！接下來就等回家後再繼續吧，征宗！」

唔！妳又講出哪種會招來誤會的話……！

觀眾們也用『快爆炸吧！』『傳聞是真的啊。』這些留言來挖苦我們時，終於——

「那麼——『情色漫畫老師VS情色漫畫老師G　剝奪面具生死戰』！現在正式開始！」

插畫對決開始了。

我眼前的大畫面上，影片被切換成白色的繪圖畫布。

上方標示著『情色漫畫老師G』的名稱。

看來現在播放的是『Great』的繪圖影片。

畫布的角落突然打開一個視窗，映出Great的上半身。

大概就像是綜藝節目裡常有的「小視窗」那種感覺。

「好啦——雖然正一邊在畫圖，但還是重新自我介紹一下吧。」

因為透過變聲器講話，所以跟愛爾咪的聲音不同。

「老子我是情色漫畫老師Great！『正牌』的情色漫畫老師。今天將賭上這個筆名還有揭露真實身分的風險，以插畫來一決勝負！因此才叫『剝奪面具生死戰』！總之，請多指教啦！」

『唔喔喔喔喔喔喔喔喔！』『之前上傳的影片看過了喔！』『超色超可愛的！』

『正牌的情色漫畫老師！』『情色漫畫光線ｗｗｗｗ再用一次啊ｗｗｗ』

——等等留言，都將氣氛盛大炒熱。

「喔喔～～真是超人氣呢～～！情色漫畫老師Great！到底是什麼人呢？」

主持人大姊姊也很起勁地進行實況。

「那麼接下來，讓我們看看被挑戰的『舊 情色漫畫老師』的情況吧！」

就算是為了簡單好懂也不要加上「舊」這個字啦！這樣不就好像已經輸掉了嗎！

大畫面的影片切換到「情色漫畫老師」這一邊。

「小視窗」突然開啟，這次映出的是情色漫畫老師的上半身。

「我是大家都認識的情色漫畫老師。」

這邊也是利用機器變換聲音。

「只有今天，『我不認識叫那種丟臉名字的人』——這句話我可不會說出口。覺悟吧冒牌貨，我才是『正牌』的這點，就用這場對決來證明！」

『舊情色漫畫老師ｗｗｗ』『沒問題吧ｗｗｗ』『雖然之前輸掉了ｗｗ』

『我可是相信情色漫畫老師會贏的』

——留言的氣氛，稍微處於劣勢。不過，畢竟因為之前輸過一次了。會有這種反應也是當然的。應該說，之所以沒有完全變成對方的主場，也是因為情色漫畫老師在至今的繪圖轉播裡獲得了許多死忠粉絲的關係。

假如把「這是場輸掉的話插畫家生命就會結束的正式比賽」這種情況，確實地讓觀眾們理解後再進行對決，就會增加許多為情色漫畫老師加油的粉絲吧。我的妹妹就是被喜歡到這種程度。

可是——那麼一來就無法成為一場公平的對決。

情色漫畫老師並不這麼希望吧。

「上一次完全是我輸了。可是，這次可不會跟之前一樣了。總之——廢話就到此為止，我要說的只有一句話。」

情色漫畫老師輕咳一聲後。

「我會畫出最棒最可愛最煽情的女孩子！所以各位，用盡全力期待吧！」

『『唔喔喔喔喔喔喔喔喔喔——』』

明明只是留言而已——卻彷彿可以聽到有如浪濤般的加油聲。

雙方的留言都留得差不多時，正在進行對決的兩人就完全不再說話，開始默默地集中於繪圖作業上。

平常總是開心地一邊聊天一邊轉播繪圖過程的情色漫畫老師，只有這次醞釀出劍拔弩張的氣氛，不停地揮筆畫圖。

此時把正在繪製插畫的兩人映出的「小視窗」消除，轉為巨大的白色畫布。

「好，非常感謝兩位都展現出強烈的幹勁！各位觀眾看來也陸續地送來各種加油打氣的留言！」

主持人大姊姊在適當的時機插入台詞。

「這裡再次為大家說明一下規則！情色漫畫老師還有情色漫畫老師Great——現在將請兩位各自以自由選擇的主題畫出『美少女插畫』！接下來呢，這裡的五位評審們將對完成的『美少女插畫』評比——以『那一邊的女孩子比較可愛』作為評分基準來進行審查！」

評分基準——「女孩子畫得比較可愛的那一方獲勝」。

非常符合賭上情色漫畫老師之名的勝負，實在是很簡單易懂的對決方式。

「由五名評審進行多數表決！」

大姊姊主持人伸出三根手指。

「這代表，只要獲得三票就贏了！獲勝者將獲得正式以『情色漫畫老師』這個傳說中的筆名自稱的權利！」

順帶一題，這時候畫面上出現許多『誰要啊w』的留言。

雖然很了解你們的心情，但這對決一勝負的兩人來說超重要的啊！

好啦……就這樣，插畫對決開始了——

有如事先商量好一樣，兩人畫的是相同角色的插畫。

是在和泉征宗新作《世界上最可愛的妹妹》裡登場的第一女主角。

Great不是用自己本來的畫風，而是以情色漫畫老師的畫風在描繪。

就連姿勢也跟第一集的封面很相像。

「……還是一樣畫得超棒的呢。」

愛爾咪老師本來大多都是畫更加肉感的少女，真虧她能夠將跟自己不同畫風的作品重現到這種地步。

這麼說來，這個人好像也有畫繪畫跟漫畫？

雖然我不太懂繪畫，但小說想要模仿他人的文章風格，可是非常困難的技術。

要模仿他人的畫作，並且勝過本人。

那是多麼困難的事情，就算是我也能夠想像得到。

毫無疑問地，她對紗霧——對情色漫畫老師來說，是最強的敵人吧。

畫布的角落裡，Great在再度打開的「小視窗」裡邊繪圖邊說：

「呵呵呵……喂，『冒牌』的情色漫畫老師啊，問你一個問題……你覺得為什麼老子我要在這種時候才向你挑起這場對決呢？」

……這傢伙……在講些什麼……？

「老子其實從更久之前，就知道『冒牌貨』的存在喔。那就是三年前——你以插畫家的身分出道開始。但是你覺得為什麼老子不是在那個時候——而是現在才來向你找碴？」

畫面上又開啟另一個「小視窗」，情色漫畫老師出現在裡頭。

「因為三年前『老師』……還在的關係吧。」

「這也是一個原因。」

Great這麼回答著。

「當時只覺得『啊啊，竟然繼承了那麼丟臉的筆名，真是可憐。』如此而已……可是『師父』就這樣離開了……但是，你卻還是繼續使用著那個筆名。絲毫不把老子我放在眼裡，這讓人非常不爽……這是另一個理由。就跟之前說的一樣。」

——可不能平白送給妳！就算是師父的女兒也一樣！

「另外還有一個，對老子我來說非常重大的理由。」

愛爾咪以情色漫畫老師Great的身分，前來進行挑戰的另一個理由。

「……喂，妖精。是這樣子的嗎？」

我偷偷詢問坐在旁邊的敵人，妖精也疑惑地側著頭。

「……這還是第一次聽說耶。再說，本小姐也只是幫忙安排這場對決而已，其實也不是很清楚——愛爾咪之所以充滿幹勁地要把情色漫畫老師徹底打垮的理由。」

「等等，妳明明是她的工作夥伴、知心好友又是這次的共犯，竟然會不知道喔……！」

因為之前她說過「事情已經從愛爾咪那邊聽說了」，所以還以為妖精已經掌握一切的來龍去賣，但看來似乎不是如此。

「妳最得意的『神眼』是怎麼了？」

「其實……本小姐跟愛爾咪之前一直在吵架……直到最近才又和好而已。」

「咦……是這樣嗎？」

看起來實在不像是那種情況啊。

為了插畫的品質而爭論過——雖然好像有講過類似這樣的話，但那就像是夫妻吵架而已。

「就發生了一些事情～然後吵架吵得滿激烈的……跟她疏遠的這段期間，除了工作以外都沒有交談——因為如此，所以這幾個月愛爾咪到底在想些什麼，本小姐真的不太清楚。抱歉喔。」

「……唔。」

「『愛爾咪這麼晚才對情色漫畫老師找碴的理由』可能是『因為跟本小姐吵架，所以沒有人能幫她安排這場對決。』——雖然有這麼想過……」

總覺得不太對勁，好像還少了些什麼——妖精這麼說著。

雖然說法很曖昧，但我也這麼覺得。

我雖然很在意妖精與愛爾咪「吵架的理由」，但也沒有必要追問。

Great在面具底下彷彿強忍住怒氣般抿嘴笑著。

「為什麼這次老子我要特地模仿你的圖來進行挑戰——因為這樣勝敗就非常清楚明瞭。以同樣的角色、同樣的畫風來比賽繪圖，立刻就能分出優劣——特別是在評審面前。這是很重要，非常非常重要的一件事。」

——啊，我懂了。

「紗——情色漫畫老師，老子我是認真地打算徹底擊敗你。將那面具剝下，讓你的真面目曝光。你能畫出來的東西老子也畫得出來……不管是才能、經驗或是技術！老子我都比你早上許多，還打從懂事起就不停畫圖，能力絕對遠在你之上！這點絕對要在這裡證明才行！」

愛爾咪沒有更進一步地說明。

可是，我已經察覺了。因為是我才能一下子就理解。

愛爾咪的能力比情色漫畫老師高強這件事——她到底是非要對誰證明不可。

——本小姐下個作品的插畫，要請情色漫畫老師來畫！

——至今一起搭檔的天才美少女插畫家愛爾咪雖然也能畫出讓本小姐超興奮的全裸圖——但很遺憾地她還無法跟情色漫畫老師匹敵！

——本小姐已經完全迷戀上情色漫畫老師的插畫！直接說深愛著他的圖也無妨！

這是妖精跟我初次見面時所講過的話。

「妖精～～～～～～～……這件事的罪魁禍首就是妳喔！」

「……看、看來……是這樣沒錯。」

妖精自己似乎也沒有察覺，而在那冷汗直流。

最自豪的「神眼」看來無法「觀看」自己。

「看來大吵一架的理由也是因為這個吧。」

「哼，正確答案。」

竟然給我雙手交叉在胸前還一臉自傲的樣子，我又沒稱讚妳。

「那個明明不是『本小姐再也不跟愛爾咪一起工作了』這個意思……但她還是說『就算這樣老子我還是不要！』這種話，於是當時就大吵一架，直到和好花上了好幾個月的時間……跟許多不同插畫家一起工作，對輕小說作家來說是很普通的事情啊。本來以為她已經能理解了，沒想到還是懷恨在心。真是的，愛爾咪明明已經是老手了還這麼小孩子氣——這樣說她好像也不對。不如說是本小姐該感到光榮嗎？呵呵……糟糕，本小姐好像很高興呢。」

妖精害羞到臉頰染上紅暈。

明明就是罪魁禍首。

也就是說，愛爾咪是因為妖精大力稱讚情色漫老師畫的圖，然後又說接下來要跟情色漫畫老師一起工作這樣的話——她才因此大發雷霆。

當然，剛才說的『師父的筆名，可不能平白無故地送給妳。』這個理由，應該也是真心話吧。

山田妖精 老師

但理由不是只有那樣而已。

老實說，這個動機讓人覺得很遜，也讓人覺得只是醜陋的忌妒。

但是那種心情，我非常能夠理解。

很不可思議地，愛爾咪跟只靠著『不想讓情色漫畫老師被妖精搶走』這個念頭而發奮圖強的我，都在很相似的狀況下奮戰。

「絕對不會輸給妳」、「我才是最能配得上她的人」——這種幾乎已經成為怨念的執著，讓我產生強烈的「共鳴」。

那個時候對我來說是「宿敵」的對象，現在對愛爾咪來說就是紗霧了吧。

再次說明一下狀況。

舞台上包括我跟妖精在內的評審，總共有五名並排坐著。

拿著麥克風的主持人大姊姊就站在旁邊。

我們的正面有個大螢幕，上頭持續播放跟觀看這個實況的觀眾們所看到的相同影片。

這個大螢幕的畫面上，現在正輪流播映著畫到一半的插畫。

也就是把情色漫畫老師與情色漫畫老師Great兩人各自作畫的畫布在螢幕上播映。

現在情色漫畫老師所畫的插畫正被放大播映。

然後在畫面的角落，以不遮擋到插畫的形式開著兩個視窗，各自映出情色漫畫老師與情色漫畫老師Great的上半身。

這就有點像是綜藝節目裡的小視窗一樣。

就在剛才，雖然由情色漫畫老師揭曉了「戰鬥的動機」——

面對這股激烈的敵意，情色漫畫老師並沒有還以強烈的話語……

「老實說……」

他反而淡淡地開口說：

「插畫對決輸掉的那個時候……其實我一點也沒有不甘心。」

「——」

Great好像倒抽了一口氣，我也嚇到了。因為完全沒想到情色漫畫老師，竟然會在一決勝負的場合上說出這種可以解釋為退縮的發言。

「看到真的很厲害的畫作時，感想一定是只會打從心底尊敬而已吧。有畫得比我更好的人出現，對我來說是很開心的事情啊——不甘心或是想要打垮對方之類的，這種混雜惡意的心情實在難以浮現，只會有好感出現而已。因為我最喜歡能畫出可愛插畫的人了……不過，特地模仿我的圖這是有點不爽啦，但也只是這樣而已。」

只要是有畫圖的人，大家應該都是這樣吧……情色漫畫老師這麼說著。

這點到是難說。插畫家裡頭，應該也有像妖精那樣會開開心心地用作品來分出勝負的類型吧。

可是……紗霧她，並不是為了跟誰競爭才畫圖的。

「而且……還感到很懷念……也非常開心。」

「就好像相隔許久，又跟教導我畫圖的『老師』重逢的感覺。」

「……………………………」

……她是這樣感覺的啊。

跟紗霧的母親——初代情色漫畫老師用相同技巧畫圖的插畫家。

能夠遇到她，其實很開心嗎？

是嗎……是這樣沒錯呢。

「就是這樣，所以如果有比我更合適的人，就算把筆名讓給對方也沒差啦……當時我是這麼想的。就算不是這個筆名，人家也還是能實現夢想……所以應該無所謂吧。」

男性與女性的兩種語氣混合在一起。

情色漫畫老師緩緩說著，並同時為插畫上色。

「但是，果然還是算了。」

不是平常那種快速又華麗的筆法。

也不是在愛爾咪家裡看到的那種激烈的筆法。

「因為變得，絕對不能輸了。」

雖然沒有映在畫面上，所以看不到紗霧手指的動作。

即使如此——溫柔的思念，還是傳達過來了。

「因為有人對我說，妳要贏。」

熊熊燃燒的鬥志，也傳達過來了。

「我回答說，就交給我吧。」

……紗霧……

別這樣……我……現在正在進行實況啊……

……妳這樣講不是會讓我有點想哭嗎？

「所以，今天贏的人會是我。」

這絕對不是退縮。

而是相當自然、沉穩的聲音。

「是嗎？很好——那就贏給老子看吧！」

相對的，愛爾咪興致勃勃的說完後，就以猛烈的氣勢開始塗色。

跟情色漫畫老師的插畫對調，Great的插畫映照在大螢幕上。

她正在潤飾著跟打敗紗霧那時至少相同水準以上的插畫。

於是——

「畫好了。」

「完成了。」

雙方的插畫終於完成。

「讓各位久等了～～～～～～～～～～～～這場對決所要評比的美少女插畫，雙方終於……終——於都完成～～～～～～了！」

主持人大姊姊，在宣布的同時加上誇張的肢體動作。

另外在完成之前的十分鐘左右，以為了加大「展示」時的衝擊性為名義，將畫到一半的插畫隱藏起來不給觀眾們（包含評審與主持人）看到，改由讓固定班底們跟評審的對話來度過這段時間。

攝影棚裡播放的輕快音樂停止，取而代之的是充滿了奇特的緊張感。

「那麼～～～～～～我們就立刻！依照順序來觀賞兩位所畫的美少女插畫吧！」

她單手往大螢幕一揮。

「首先就由挑戰者情色漫畫老師Great開始！請揭曉吧！」

啪。

愛爾咪——情色漫畫老師Great所畫的女主角，映在大螢幕上。

繪製者本人，還有各位觀眾們應該也是看到相同的東西。

「唔——」

主持人還有全體評審都不禁屏息。

畫面上原本不停流過的留言也突然中斷，不自然的沉默充斥在攝影棚裡。

「這、這真是太厲害——了！好棒好厲害！這幅插畫真是太棒了！讓我都暫時說不出話來了！啊啊……是眼睛的錯覺嗎！這張畫！彷彿就像是會發光一樣啊～～～～～～～～～～～～！」

說不出話來的主持人大姊姊，全身激烈搖晃並且用麥克風大喊。

「這就是初代情色漫畫老師的最終奧義『情色漫畫光線』啊～～～～～～～～～！今天也再度爆發，完美回應觀眾們的期待！情色漫畫老師G！這就是情色漫畫老師G！他將自己有能力繼承這傳說筆名的證明，展現給我們看啦啊啊～～～～～～～～～～～～～～～～～！咳咳咳咳！」

居然講到嗆到。

這個人也太努力了吧。

「…………………」

我重新凝視大螢幕。

跟紗霧——情色漫畫老師非常相像的畫風，而且用我跟情色漫畫老師的新作《世界上最可愛的妹妹》第一集封面相同構圖所畫的這張圖……

也就是代表著作品標題的「妹妹（第一女主角）」的插畫。

這下子，就是看誰能畫出更加「可愛的妹妹」……這種情況的勝負了。

「……唔。」

看到第一眼的瞬間，就覺得沒有勝算。

這是用有如火焰般的「單戀」作為素材，讓人看到後會震撼心靈的人物畫。

讓人對被描繪的少女陷入熱戀的「必殺技」。

比這更厲害的畫作，情色漫畫老師不可能畫得出來。

即使學會了相同的奧義——光是那樣也到不了這個境界。

因為……

身為原作者的我都覺得跟「正牌」的第一集封面比較起來，Great現在所畫的插畫「比較好」。

身為情色漫畫老師搭檔的我，打從心底這麼認同。

極度複雜的心境，讓內心充滿苦悶。

緊抓著左胸，緊咬著嘴唇的我眼前——

「有一件事我忘了說。」

Great開口說著。「小視窗」在畫面上打開，映出黑色面具的插畫家。

「老子我使用的『未完成版情色漫畫光線』其實有挺嚴苛的使用條件——並不是什麼都能夠畫出來。也不是任何插畫都能『灌注真心』進去。簡單講，就是要對老子而言是完全符合喜好的事物才能使用——意思就是……」

Great用手直直地指著我。

「和泉征宗老師，老子我可是你的大書迷喔。《世界上最可愛的妹妹》——第一集實在有趣到亂七八糟！看完超感動的！老子我的搭檔雖然也能寫出究極無敵可愛的女孩子——但是論角色魅力的話，『這女孩』可完全不會輸喔！某些部分甚至可以贏過許多！真的讓老子我——喜歡得不得了！甚至可以直接說老子愛上她了！」

這以Great——以愛爾咪來說，是最高等級的讚賞吧。

……剛才這些是她的真心話。

我的作品，她真的讀得很開心……正因為如此，才能夠灌注真心進去——也因為這樣，她才能夠使出所謂「創作系的最強招式」來——

「唔唔……愛爾咪這傢伙……」

我身邊的妖精老師所露出的超忌妒表情，就是最好的證據。

愛爾咪——Great的表情被面具遮掩住，所以無法得知。

「所以當老子我看見《世界妹》的插畫時就這麼想……如果是老子我的話，就能『灌注真心』到插畫裡，把它畫得更加可愛——所以……」

「————」

Great朝著瞪大眼睛又無話可說的我做出這樣的結尾。

「從今天開始，老子我就是『情色漫畫老師』了。請多指教啦，夥伴。」

照這樣下去，說不定真的會變成這樣。

我低下頭，持續緊咬著嘴唇。

「接下來輪到情色漫畫老師的插畫！終於接近分出勝負的一刻了～～～～～～～～～～～～～～！」

不久後，情色漫老師的插畫就會顯示出來——然後決定勝負。

Great勝利的話——愛爾咪就會成為「正牌」的情色漫畫老師，為我的小說繪製插畫。

她是這麼主張的。

雖然覺得這件事絕對不能讓它發生，心裡卻也湧現了複雜的喜悅之情。

因為如果自己的小說能夠有更優秀的插畫——那對我而言，也是非常開心的事情。

輕小說的有趣之處，是得要小說與插畫互相融合之後才會誕生的事物。

這種感情，我無論如何都無法否定。

回頭想想，我從一開始就很清楚這點了吧。

所以那個時候——

才會說「請妳獲勝吧」來祈求。

但是……

「你擺那什麼表情啊，這個白痴傢伙。」

我聽見夥伴的聲音。

抬起頭來，見到熟悉的面具從畫面中看著我。

因為戴著面具的關係，所以看不出她的表情。

「哈哈，想必你是以為我輸定了吧。」

因為透過機器的關係，所以無法從她的聲音中判別情感。

「不過，畢竟那傢伙算是我的師兄又是老手，有技術、有知識又超級多才多藝，更徹底贏過我一次……再加上又是和泉老師的大書迷，所以能夠以真心來畫出妹妹的圖。更能用跟我相似的畫風——創作出比上次厲害的插畫來吧。這樣子會覺得完全沒有勝算，因而感到不安我也能理解……但是啊……」

明明無法辨別表情……才對。

「我不是說過交給我了嗎？」

我卻看到非常溫柔的笑容。

「相信我吧，我會贏給你看。」

明明是緊要關頭，卻還對我露出笑容。

簡直就像是主角對著女主角所說的……決定性台詞。

「你想問為什麼我能夠這麼斷言？哈哈……那還用說嗎？」

對我而言，世界上最帥氣的主角豎起食指。

「決定勝負的關鍵只有一個。」

「那就是沒有任何人，能把妹妹畫得比我還可愛。」

「現在！所有投票都已經結束了！勝利者是………………勝利者是——」

「勝利者是情色漫畫老師！」

情色漫畫老師
ero manga sensei
第三章

「哎呀～～～～～～～～實在是太帥氣了！那時候的情色漫畫老師！」

「我、我不認識叫那種名字的人。」

「剝奪面具生死戰」結束後過了幾天的某一天。

我在「不敞開的房間」裡頭，對著妹妹展露笑容興奮地說：

「『沒有任何人，能把妹妹畫得比我還可愛。』……唔哇啊啊啊啊啊啊！真讓人陶醉！大家都覺得絕對是輸定了……！結果最後卻變成是「吃我這記必殺情色漫畫光線！」大逆轉獲得勝利！」

「這、這件事就不要再說了，煩死人了。從、從、從那天之後……你、你就不停地講、不停地講！」

當時太過起勁這件事，現在她似乎覺得很羞恥。

紗霧生氣到滿臉通紅。但即使如此，情緒高漲的我實在無法停下嘴巴。

「不管幾次我都要說！謝謝妳……謝謝妳——贏得勝利。」

「…………嗯、嗯嗯。」

紗霧滿臉紅暈地點點頭。

話說回來，這次的情色漫畫老師實在很帥氣。

如果我沒有跟紗霧相遇，就算還是誤以為「情色漫畫老師的真實身分是個大叔」，想必也還是會有相同的感想。

「如果我是女孩子的話，也許會喜歡上情色漫畫老師呢。」

「真是的……笨、笨蛋……」

那一天……我對有如夢幻般楚楚可憐的紗霧一見鍾情。

接著在前幾天，我對超帥氣的情色漫畫老師感到臉紅心跳。

其實，雙方都是同一個人物——…………真是困擾。

因為太過喜歡了，自己好像也變得不太正常。光是像這樣，就已經不停臉紅心跳了。

我盡量不顯露出來，故作鎮定地說話：

「紗霧啊，關於妳在『剝奪面具生死戰』上所畫的《世界妹》插畫。」

「……嗯。」

「那個是閱讀過我在對決當天給妳的那份原稿後，才畫出來的嗎？」

「…………不是。」

紗霧稍微嘟起嘴巴，並且搖搖頭。

「閱讀那份原稿……是在對決結束之後。因為我很清楚，愛爾咪應該會選擇跟我相同的角色來畫。那樣子……如果……我先閱讀的話……就太奸詐吧。」

「是嗎？」

也沒什麼好奸不奸詐的吧。畢竟對決用的主題是自由選擇的，愛爾咪要用「跟情色漫畫老師相同的角色」來畫也是她自己的選擇。

可是──

「就是很奸詐。」

這樣啊。看來我妹妹的自尊心還挺高的。

「咦？那這樣的話……真不可思議耶。為什麼情色漫畫老師沒有閱讀第二集，卻能夠畫出反映第二集內容的插畫來呢？」

沒錯。紗霧在「剝奪面具生死戰」裡畫的《世界妹》插畫，簡直就是象徵著我剛寫好的原稿──《世界上最可愛的妹妹》第二集的劇情。

「那個……真的……只是剛好而已。」

「也就是偶然嘍。」

紗霧點點頭。

接著放鬆臉部的表情……

「第一集，我讀了好幾次……然後覺得，這對兄妹在第二集，如果能變成這樣就好了……」

「…………………咦？」

我的臉頰開始發熱。我完全不知道……該怎麼回答才好。

因為……紗霧使用最終奧義「情色漫畫光線」所畫出來的插畫……

是「戀愛的妹妹」的插畫。

第一集的封面上，這個妹妹雖然完全沒有敞開心防，但經過各種體驗之後……對哥哥抱有淡淡的戀心。《世界上最可愛的妹妹》第二集，就是這樣的劇情。

老實說，這是我灌注了「想要跟妹妹變得更加要好」的超直接願望在裡頭的故事。

「紗霧……那樣子……就表示……那個……妳也……」

「啊！」

看來紗霧也察覺到我想要講的話了。

「不、不素！這個我、我、我不是——想跟哥哥變得更要好的意思！就只是在講作品裡的劇情，這個妹妹不是我，那個——」

紗霧陷入混亂，慌張地揮舞雙手，最後……

「我、我才沒有戀愛！不可以有什麼奇怪的誤會！」

她緊握著拳頭大叫著。

平常明明都用只能微微聽見的聲音說話，當然她也不是無法放聲大喊。

「我、我知道啦！那個……總而言之，我要強調的就是啊。妳畫的插畫真的超可愛又超棒的！所以我就想說！」

我用力張開雙手說道：

「把那張插畫當成『第二集的封面』吧！」

「咦？」

原本還在發脾氣的紗霧，因為我突如其來的提案而驚訝地睜大眼睛。

我用認真的語氣對妹妹再說一次：

「我想把那張插畫，拿來當作十二月要發售的第二集封面！」

「……嗯，可以啊。」

就這樣，我們新作第二集的封面決定了。

「這麼說起來……」

「……什麼？還有其他事情嗎？」

這句話的語氣就像在說你也差不多該出去了一樣。

剛才一講到「第二集封面的話題」時，明明微笑著欣然接受了。

本來還想說現在氣氛正好的啊！

「總覺得，最近妳啊……是不是不太高興啊？」

「那、那是因為……哥哥你……」

「我？」

紗霧用力眯起眼睛，模仿我的語氣這麼說：

「……『我說……紗霧啊……「情色漫畫光線」還沒辦法使用嗎？』這樣的……你都會用一臉色色的表情對我性騷擾……」

「我只是問一下而已耶！為什麼那樣就會構成性騷擾啊！」

「當然會。『「情色漫畫光線」這招式，每次使用時都需要抱抱或是摸摸頭之類的嗎？』『太棒啦！如果是這樣的話，我就非得每次都鼎力相助才行！』，你一定都這麼想著對吧？」

感謝妳這麼具體的解說喔！

「不是……我、我絕對……沒有那種……那種不三不四的想法……」

「……沒有嗎？」

紗霧用力瞪著我。我把眼睛從妹妹恐怖的視線上移開。

「……沒、沒有啊……偶爾有一點點……」

「看吧！這不就有嗎！」

紗霧用力站起來，指著我譴責說：

「哥、哥哥真是太色了！變態！妹控！」

「好啦，對不起啦！先、先別管這個了！」

我強硬地試著把話題拉回來。

「妳心情不好的理由……只有這個而已嗎？」

「………………」

紗霧把視線從我身上移開，然後哼……的嘟起臉頰。

看吧，果然是這樣。還有其他的理由嘛。

或者說……其實我已經猜想到了。

「要我猜猜看嗎？妳……是因為愛爾咪的『那件事』所以感到焦躁對吧？」

「………………唔。」

……啊，看來這下被我說中了。

至於是怎麼回事，就讓我說明一下。

在情色漫畫老師使出「情色漫畫光線」漂亮地打倒Great的那時候。

正如「剝奪面具生死戰」這個名稱，情色漫畫老師必須脫下黑色面具，將真面目暴露給全世界知道。

「唔、唔……沒、沒想到老子我……竟然會……輸……」

看來她完全沒有想過自己會輸。

Great——愛爾咪緊抱著自己的身體不停發抖。

有如頑童般盛氣凌人的氣勢，已經半點也不剩了。

雖然愛爾咪平常行為舉止都像個男生……

「……怎、怎麼辦…………輸掉的話…………就得要把……面具……脫掉……」

說不定……其實她是個纖細的女孩子。

經常大笑、經常哭泣、經常生氣——以全身上下表現出喜悅。

愛講道理、不懂得通融，又無法控制深厚的情義。

這就是她的形象。說起來，從這場對決的動機看來，是這樣沒錯。

之所以會對男性警戒，也不是因為喜歡女孩子……說不定只是因為害怕男性這種理由。

就在此時，妖精開口大喊：

「來吧！情色漫畫老師Great！還在拖拖拉拉地幹什麼！輸家就要像個輸家，乾脆地把面具拿下來！」

「喂、喂！」

「征宗，不要阻止我！對輸家全力鞭屍是本小姐的原則！正因為敗北時會悔恨痛苦到極點，所以勝利時才能那麼地喜悅啊！」

「誰跟妳講那個，妖精老師妳明明就是共犯，為什麼自己卻裝出一副勝利者的模樣啊？」

妳明顯就是輸家那邊的啊。剛才那些台詞，可輪不到妳講吧。

聽到我的吐嘈後，妖精用一臉「咦？」的疑惑表情面向我，接著不知為何突然轟～～～地滿臉通紅。

「征宗……難、難道……你打算！……讓本小姐在全世界面前赤身裸體嗎！你是叫我在幾萬名觀眾眼前，展示神聖的全裸是嗎！」

「我才沒講到那種地步！不要做出那種反應，搞得好像是我強逼妳搞些色色的懲罰遊戲好不好！」

這段對話會被全世界聽到的耶！

妖精完全沒在聽我的辯駁，只見她猛烈地站起來。

「好、好啊！可不能只讓愛爾……Great一個人脫光！這樣的話，本小姐也要一起——」

看來這傢伙的腦袋裡，懲罰遊戲的內容已經在不知不覺之間從「脫下面具」變成「脫衣秀」了。

話說難道這個白痴，只是想要在幾萬名觀眾面前脫衣服而已……

鄰居的變態嫌疑，開始在我內心膨脹。

此時……

「等、等等！」

Great拚了命地大喊。

「……老子我現在……就把……面具拿下來。我……我會……遵守……約定……」

機械語音也變得非常虛弱。

「……遭受恥辱的……只有……只有老子一個……就夠了。」

看來她為了守護最喜歡的妖精，已經下定決心了。

能夠阻止「脫下面具」的時機，早已經過了。

我現在只能好好看著愛爾咪把黑色面具拿下來而已。

「……………………」

向全世界播放的實況節目。Graet在幾萬人的觀眾面前，將戴得很深的兜帽一口氣脫掉。這麼一來，綁成馬尾的紅髮跟雪白的鎖骨就顯露出來了。

『！』『咦……』

我能了解不知道Great真實身分的人，會有多麼困惑。

因為一個跟他們由語氣跟形象所想像的「Great的真實身分」可說完全相反「女性身影」出現在眼前。

Great——愛爾咪用手抓住面具……並下定決心……

「唔！這、這樣如何！」

露出她那楚楚可憐的真面目。

『咦咦咦咦咦咦咦咦咦咦——————！』

於是引發了大騷動。

因為這是整個業界都很矚目的對決，所以許多阿宅們以非常戲劇性的方式，目擊了原本就很有名的插畫家首次露面。

『啊？什麼！』

『竟然不是個大叔！』

『等等……這騙人的吧……真的假的？』

『！？！？！？！？！？！？ｗｗｗ』

『Great裡頭的人好可愛啊啊啊啊啊啊啊啊────！』

騷動並沒有在現場就結束。

關於「Great的真實身分是美少女」這件事，在情報整合網站等地方都被大篇幅報導，沒過多久就迅速傳開。

再加上愛爾咪的真面目被發布在妖精的推特上，因此也讓神祕美少女插畫家的真實身分完全暴露給社會大眾知道了。

結果──

「美少女插畫家愛爾咪」在一夜之間成為阿宅們的偶像。

至於原本對男性們感到畏懼的愛爾咪本人……

「…………咦？奇怪……？」

因為大家意外的反應而暫時陷入困惑，但是等她掌握狀況後……

「哎呀～～真令人害羞！老子我有那麼可愛嗎？」

看來也不是完全沒感覺的樣子。

對男性感到恐懼的愛爾咪——如果是透過網路，似乎就不成問題的樣子。

「…………」

另一方面，贏過愛爾咪的情色漫畫老師因為被大家當成是噁心肥宅，所以完全沒受到矚目。

「…………明明是我贏了。」

當大家都在讚美愛爾咪時，她一個人寂寞地映在畫面上。

然後，隔天。

愛爾咪在大家強烈鼓吹下，開始進行跟情色漫畫老師的影片內容完全一模一樣的繪圖實況轉播。

結果，原本情色漫畫老師影片的觀眾們迅速地被搶走。

這就像一股「跟情色漫畫老師比起來，我們比較喜歡可愛的愛爾咪！」這樣的風潮。

現在「美少女插畫家愛爾咪的繪圖實況」穩居影片網站排行榜的第一名。

而觀眾被奪走的「情色漫畫老師繪圖實況」因此掉落到一千名以下。

可說是完全輸了。

明明在插畫對決上贏了。

實際上就連容貌也贏了。

——事情經過就是這樣。

「真受不了——對紗霧而言真是個難以釋懷的結果！會心情不好也是能夠理解的！我也很不甘心！明明我妹妹才真正亂可愛一把的耶！絕對是愛爾咪也比不上的美少女啊！真想這樣告訴那群阿宅們！」

「笨、笨蛋！」

紗霧輕輕地拍打我的肩膀。

「……愛爾咪靠著可愛的長相增加粉絲……這也是實力之一……我、我才沒有不甘心。之後就會贏了！」

紗霧說完後嘟起小嘴，怎麼看都是很不甘心的樣子——

「是嗎！那要好好加油喔！」

不過這也許不是什麼壞事。

妖精也說過，正因為輸了會很不甘心，所以贏的時候才會無比喜悅。

但是……她也是好不容易才獲勝，讓她獲得些獎勵也沒關係吧。

「好！那今晚為了紀念妳打倒『情色漫畫老師Great』，我就來作一頓大餐吧！妳就滿懷期待等著吧！」

「……當哥哥充滿幹勁地煮飯時，只會作出炒牛蒡來……」

「這有什麼好不滿的！炒牛蒡超好吃的吧！」

看來妹妹跟我對於料理的口味似乎合不來。

好啦，雖然有些這樣的小問題……

但我們兄妹又再度回歸到平穩的日常生活中。

可是——下一個事件馬上就發生了。

隔天，我在出版社的會議區跟責任編輯神樂坂小姐見面。

她在前一天晚上打電話過來，用「有件無法用電話討論的重要事情」為理由，把我叫出來。

「……神、神樂坂小姐……到底是什麼事？」

「呵呵呵……今天有重大的消息要告訴和泉老師喔。」

神樂坂小姐露出黑心的笑容。

「……………嗚嗚……」

我的內心不安到幾乎要哭出來。

以前當我的出道作品決定要腰斬時，她也是在相同情境下，講過相同的台詞。

『今天有重大的消息要告訴和泉老師喔。』

『決定腰斬——啦！真是遺憾♪來吧！下一部作品！要好好努力喔！』

這不是能用興奮的情緒傳達的事吧。

——總之，就是發生過這種事情，所以今天我從一開始就非常警戒。

「……唔唔唔唔……」

不管被說些什麼，我都做好能夠承受的覺悟了。

神樂坂小姐用故作神祕的聲音，對我豎起兩根指頭。

「有好消息跟壞消息，你打算先聽那一邊？」

「看吧，來了啊！來了啊～～～～～～～～真受不！可惡……先聽壞消息！」

我有點自暴自棄地回答，抱著早死早超生的心情。

「那就先講壞消息吧♪」

真是不敢相信，這個人為何看起來這麼開心啊。

「其實……關於和泉老師在上上禮拜發售的新作《世界上最可愛的妹妹》……」

「是、是的……」

「即使搭配了『輕小說天下第一武鬥會優勝』這個頭銜一起發售——」

「………………咕嘟。」

「首週的銷售量實在是糟透了。」

「嗚哇啊啊啊！」

我抱頭慘叫。

我的……我們的夢想……發出震天聲響，開始崩潰了——！

「啊啊啊啊…………該怎麼……對紗霧說才好……」

我流下眼淚，也完全沒有餘裕能夠在意他人的眼光，與是否聽見我的慘叫。

「那麼……接下來就是好消息……」

「我們決定進行大量再版了。」

「嗚嗚嗚嗚……紗霧……對不起……紗霧…………………………咦？」

我好像聽到什麼難以置信的話，於是戰戰兢兢地問：

「神樂坂小姐……妳剛剛說什麼？」

「《世界妹》決定要大量再版！請感到開心吧，這可是我們文庫也很少見的數字喔！」

「……咦……呃…………咦咦？」

我就像是被上鉤拳從地獄打進天堂一樣。

腦袋一團混亂，無比動搖，完全無法跟上話題。

「………難道……不是要……腰斬嗎？」

神樂坂小姐維持那副反派的笑容揮動雙手。

「不是不是——都由我當責任編輯了，怎麼可能會發生腰斬這種事情呢！」

「但、但是，妳剛剛說……銷售量糟透了……」

「是的——『首週的』銷售量糟透了。不過，前幾天不是有個由我主導的促銷活動嗎？」

「咦？」

神樂坂小姐主導的促銷活動？有那種東西嗎？

「就是那個啊！『情色漫畫老師ＶＳ情色漫畫老師Ｇ　剝奪面具生死戰』啊！」

「啊、喔——」

「由我主導的那個活動迴響似乎非常強烈喔！我所主辦的那個活動過後，我負責的作家和泉老師的新作在全國書店狂賣！哈哈——跟我計畫的一樣！我從一開始就認為會這樣了！情色漫畫老師絕對會勝利，對我……對和泉老師老師們來說，會是個超棒的發展！」

「…………………」

真的假的啊。妳一開始不是對這活動抱怨連連嗎？

之所以會有好結果，不是因為紗霧很努力地把Great幹掉嗎？

算了，也罷。雖然非常可疑，又不停宣傳是自己的功勞，但現在先算了。

「那、那麼……那個……就是……」

看著我現在還沒辦法從混亂中恢復，神樂坂小姐終於露出正常的笑容。

「恭喜你，和泉老師。新系列作品有了個最棒的開始！」

「…………太……………」

「太棒啦啊啊啊啊啊啊啊啊啊啊啊啊啊啊啊啊啊啊啊啊啊！」

蘊含著跟剛才完全相反情感的大叫，響徹在編輯部裡頭。

——成功了紗霧！情色漫畫老師！距離我們的夢想又更接近了一步……！

唔唔……！我緊握雙拳品嚐著這股喜悅。

此時，神樂坂小姐更進一步說：

「我們也馬上就決定要跨媒體製作！」

「騙人，會——會不會太快了！」

「就是很快！」

「難、難道說——」

「是動畫化嗎！」

啪！我把手撐在桌上探出身體。

「不是。」

「哎呀。」

咚！差一點要滑倒。

神樂坂小姐豎起一根手指，並且閉上單眼。

「呵呵，和泉征宗×情色漫畫老師首次的跨媒體製作——」

啪！神樂坂小姐拿出某種企畫書。

「是漫畫化！」

——就這樣。

回家之後，我首先把這份喜悅傳達給夥伴知道。

聽到要大量再版時，紗霧她……

「呼哇……太棒了。」

很開心地露出有如天使般的笑容。

「太好了……這樣子……又可以一起繼續工作了。」

《世界上最可愛的妹妹》
企畫書

她鬆了一口氣，心情也變得很好。

「還有啊！紗霧，妳聽我說喔！沒想到才第一集，我們首次的跨媒體製作——已經決定要漫畫化了喔！這是企畫書！」

為了告訴她新的好消息，我把企畫書遞給她。

於是紗霧開始翻閱起那份企畫書。

「哼嗯……漫畫化啊……」

《世界上最可愛的妹妹》漫畫化企畫書

《世界上最可愛的妹妹》（作者／和泉征宗老師　插畫／情色漫畫老師）的漫畫化企畫案，將進行下列提案。

企畫概要

提議在《月刊漫畫Magical》上進行連載（預定每月平均24頁上下）。

漫畫連載的同時，將持續進行作品情報的宣傳與告知。

連載開始時期，預定於二〇××年十二月。

作家候補

關於負責作畫的候補人選，請參閱附件。

——等等。

歸納一下就是，我們的新作《世界上最可愛的妹妹》漫畫版，將在同一家出版社發行的月刊漫畫雜誌上進行連載。

企畫書裡頭，列舉了數名擁有漫畫化經驗的漫畫家名字，他們所畫的《世界妹》角色插畫還有試畫的劇情場景也都附在裡頭。

每一個都畫得很可愛也很帥氣……我是這麼覺得的。

「原來如此啊～～所謂的漫畫化就是以這樣的感覺開始進行的。」

對於作家生涯首次的跨媒體製作，我顯得非常雀躍。

「……………………嗯。」

「不是由情色漫畫老師繪製，而是由其他人來畫我的角色，原來是這種感覺啊～～嘻嘻，哎呀～～總覺得好新鮮喔。」

「……………………………………………………喔。」

「不管哪位漫畫家老師都是有成功經驗的人，果然都畫得很棒呢！」

「……………………………………………………是嗎？」

「我現在感到超級興奮的！欸欸，情色漫畫老師妳覺得要請那一位來作畫會比較好？我覺得啊，這一位把各個角色的初次登場劇情都非常有幹勁地試畫過的——哎呀……紗霧？怎麼了嗎？」

「…………………………哼…………………………沒什麼。」

「咦咦？怎、怎麼……又變得這麼不高興啊——」

沒想到，我所揭曉的「超棒好消息」竟然會是讓她不高興的理由。

「…………………哼……」

因為不知道紗霧生氣地嘟起臉頰的理由，讓我非常困擾。

「……我有做錯什麼事情了嗎？」

「……人家……才不知道。」

她用力把頭轉到另一邊。這種孩子氣的動作，雖然實在可愛到不行——但現在可不是臉紅心跳的時候。

紗霧稍微斜眼瞄了我一下。

「哥哥你……很開心嗎？……就是……漫畫化。」

「超開心的。」

「哼～～～～～～～～～～～～嗯……很開心啊……明明…………不是我畫的…………這個……明明…………………應該是我們兩人的……」

紗霧低著頭，不停小聲自言自語。

「嗯？什麼？」

「沒什麼啦！」

「怎麼可能會沒什麼。如果有意見的話，要好好說出來啊。這可是——『漫畫化的討論會議』喔。」

「…………………………………」

紗霧不肯把視線跟我對上。每當我把臉湊過去想窺探她的表情，她就哼、哼的把頭轉到別的方向。最後還直接整個背對我。

她瞄了我一下，只把頭轉過來說：

「知道啦……那我就以負責作品的插畫家身分……表達意見。」

「喔、好。」

「漫畫化……我覺得很好。《世界上最可愛的妹妹》如果能變成漫畫的話，就能被更多人知道……而且也能成為跨媒體製作的實際成績……這是更加接近我們夢想的機會。」

「沒錯吧，對吧，太好了！這點我也意見相同……！」

「但是，這份企畫書上刊載的漫畫家們……全都不行。」

從情色漫畫老師口中，冒出非常不得了的話來。

「！為、為什麼？」

「這跟我的圖，完全不一樣啊。」

「畢竟不是情色漫畫老師來畫的嘛……雖然是這樣沒錯。不過，這已經是很接近妳畫風的人選了吧。」

「是嗎？我不覺得耶。只覺得……不是這種感覺。」

「唔……」

我也是最喜歡情色漫畫老師畫的插畫，也認為最適合我寫的劇情。所以漫畫化的作畫，當然也希望能給畫得超好的人來負責。雖然首次的跨媒體製作讓我興高采烈，我還是自認為有用嚴格的眼光在進行評斷。

而且是以這種標準做出「應該不錯吧」「如果是這些漫畫家的話」……的判斷。

但是情色漫畫老師則認為「還不夠」「不是這種感覺」。

我把雙手交叉在胸前，經過一陣思考後。

「……知道了。雖然我覺得OK……但既然情色漫畫老師這麼說的話……想必就是還不夠吧。我會再找神樂坂小姐商量看看。我想應該會再次聽取妳的希望，然後尋找其他人來負責作畫才對。」

「……欸，哥哥。」

「嗯？什麼事？」

「可以……說說我的，希望嗎？」

「！喔！當然可以！不管什麼都儘管說吧！」

我立刻這麼回答。

「那就……」

情色漫老師對於作畫負責人的希望……到底會是……

「能夠畫出跟我相同畫風的人。最好是個如果連我自己不仔細看都不會察覺，能畫到這麼像的人。」

「……………」

哎呀……突然……就來個嚴苛的條件。

情色漫畫老師繼續說下去：

「也最好是個喜歡原作喜歡到，僅次於我的人。希望是個不管故事，還是角色，都能夠懷抱著愛去繪製的人。」

「……………」

「最好是個就算我，使盡全力，也說不定還會敗北的，超強繪師。」

「……………」

「這個……還有這點如果能夠辦到的話……………」

還、還有啊？

「什、什麼？」

「最好是個可愛的女性漫畫家。」

「這只是妳想要對她性騷擾而已吧。」

唔唔～～～～～～～～～～～～～～～～～～～～

這下可困擾了。

這場討論結束後，我立刻找神樂坂小姐商量，請她尋找新的作畫負責人候補。

但是——

「這個人不行，跟我的畫風不合。」

「不行。雖然很厲害……但是沒有灌注靈魂。」

「我想這個人，大概沒有很喜歡原作。」

「不行。」「也不是這個人。」「不是這種感覺。」「才不對，這孩子要更加可愛才對。」

「這個妹妹，不會讓人想舔她的內褲啊。」

——諸如此類——

我所擔心的事情，全都正中紅心了。

情色漫畫老師設定的條件是這樣。

——必須能畫出跟情色漫畫老師相似的畫風，像到本人也看不太出來的等級。

——必須喜歡原作到僅次於情色漫畫老師。

——必須能夠畫出厲害的畫作，可以贏過使出全力的情色漫畫老師。

吹。

而且還得考慮到時程能否配合等等，這些要請他人負責漫畫化時所需要的各種條件。

這麼剛好的漫畫家！怎麼可能會有啊！

「糟糕……這下子真的很糟糕……」

不管找來多少負責作畫的候補人選，感覺情色漫畫老師都會搖頭否決。

再加上那個私人性質的理由，使情色漫畫老師目前都處於不太高興的狀態這點也很不好。

好不容易決定進行首次的跨媒體製作了……再這樣下去的話，漫畫化企畫說不定就會整個告

「但是……我也想要尊重情色漫畫老師的希望啊～～～～～～～～～～～～～～～」

我在自己房間裡搔頭。

「唔嗯嗯……該怎麼辦才好。」

我雙手交叉在胸前，閉上眼睛不停煩惱。可是卻沒有浮現出什麼好點子。

就這樣煩惱一陣子之後。

叮咚，電鈴聲響起。

「來了來～了。」

我小跑步地前往玄關，開門一看只見妖精站在外頭。

「……好、好久不見了，征宗。」

跟平常相同還是一身蘿莉塔裝扮。她雙手互相握在身後，不知為何視線從我身上移開。

「是妖精啊。也沒有好久不見吧，插畫對決那時才剛見面啊——怎麼了？不進來嗎？」

「那個……你……就是…………………………沒在生氣了嗎？」

妖精抬頭向我瞄了一眼說著。

「生什麼氣啊？」

「……就是插畫對決的時候……」

「喔……那時的確是有生氣呢。」

不過，為何現在才來問——當我這麼想著，妖精突然就低下頭來。

「對不起，是本小姐錯了。」

「…………」

突如其來的發展，讓我無法立刻回應。我瞪大眼睛無法動彈。

妖精抬起頭來，用認真的表情說：

「那個時候還沒辦法意會過來——但非常仔細地想一想……沒錯啊！就算是本小姐會感到高興的事情……對你或是情色漫畫老師來說，可能就會不高興了！所以，對不起！請原諒本小姐吧！」

她坦然謝罪。還是老樣子，真是個直率的傢伙。

我忍不住笑出來。

「妳還真是個正直的傢伙。好了啦，不用在意了。再說情色漫畫老師看來跟妳有相似的感性——她好像很高興的樣子。倒不如說應該要謝謝妳。」

因為強敵登場而熱血沸騰，使出全力——還學會的新招式，成功強化自己的能力。看到Great所畫的插畫時，就像再度見到媽媽一樣……讓她十分感動。

「……你肯原諒我了嗎？」

「雖然我還在氣『害情色漫畫老師的插畫家生命陷入危機事件』——不過就跟各方面對妳的『感謝』互相抵銷吧。」

「是嗎……」

雖然覺得自己沒講得很明白，但是看來觀察力敏銳的妖精有體會到我的想法，於是滿足地點點頭。

接著她……

「呼～～～～～～～～～～～～～～～……太好……了……………」

眼角冒出淚光地鬆了口氣。

「本小姐好擔心……如果被你討厭的話該怎麼辦才好……只、只是稍微有點擔心而已喔！」

因為妖精講得實在太過真誠，我為了掩飾害羞於是這麼說：

「不用擔心那種事啦。」

「就是說嘛！你一定是最喜歡本小姐了呢！」

「我從初次見面開始就一直很討厭妳啦。」

「咦咦咦咦咦咦！」

妖精驚訝到露出誇張的表情——看來她向來都覺得自己不會被討厭吧。

以初次見面的情況來看，明明是最糟糕的。

「不過……現在的話，喜歡妳的部分要比較多些就是了。」

「！」

「所以才會跟妳當朋友啊。事到如今那點程度的小事，不會有什麼影響啦。」

「……唔……是、是這樣喔！本、本小姐就是討厭你這一點！」

妖精雙手交叉在胸前，把頭轉向另一邊。

「彼此彼此啦。」

「哼，就這樣子吧。」

好感度不停上昇與下降——妖精的思考因為受到遊戲影響所以經常講這樣的話，但人的好惡可沒辦法用一項指標來表示。

不管是喜歡的地方還是討厭的部分，兩邊都很多才是理所當然的，就像「雖然很喜歡她這部分，但卻討厭那種地方」這樣地複雜。

要完全不討厭對方任何一點，根本是辦不到的事情。如果辦得到的話，我想那就已經不是朋友，也已經不是家人，更不會是夥伴。

正因為如此，所以才要互相累積「喜歡」的部分。

為了能夠在吵架之後，還能夠和好。

「……說起來啊，基本上你明明是個爛好人，可是對於想要攻擊妹妹的對象就會毫不猶豫地認定為敵人耶。就連對身為慈悲與愛情女神化身的本小姐都這樣了，這部分如果不有點自知之明，可是會惹來不必要的誤解跟爭執喔。」

「……我會銘記在心。」

她說的完全沒錯，讓我無法反駁。對於會威脅紗霧的事物，我的確會變得超乎必要地敏感。雖然不打算改掉，但確實要有點自知之明吧。

「啊，對了對了，本小姐做了些甜點來當成賠罪的證明！是馬卡龍喔！當然也有情色漫畫老師的分！」

她已經迅速轉換完畢，變回平常的妖精。

我就是「喜歡」這傢伙的這種地方。

「喔，謝啦！馬上就來一起吃吧！——啊，對了，我也有些事情想要找妳商量。」

之後我帶著妖精來到客廳，把她帶來的馬卡龍跟茶一起端出來。在準備的這段時間裡，稍微跟妖精談到想要商量的內容……

「哼嗯～～原來如此呢——所以情色漫畫老師就轉變為挑毛病模式啦。」

「就是說啊，實在是很難找到符合情色漫畫老師希望的漫畫家呢。」

「不管怎麼說……」
妖精露出優雅的微笑。
「恭喜你決定再版與漫畫化喔。」
「喔……謝謝妳。」
像這樣直接被編輯以外的朋友一說，我才重新感受到。
新系列作品決定再版，也提出了首次跨媒體合作的企畫——
我們正順利朝著夢想前進。
「就順著這股氣勢，一口氣往動畫化衝刺吧！」
「如果能那樣就好了！但也太性急了！」
「就用動畫化cash買棟新家吧！啊，對了！乾脆改建一下跟本小姐家合體成一棟吧！」
妳根本早就把這裡當成自己家了，還在那邊說這種話。
「就說妳這真的太性急了啦。」
「話雖如此，但動畫化的企畫已經在私底下運作了吧？網路上大家都這麼說喔！」
「謠傳也要有個限度吧！為什麼會變成這種傳聞啊——啊，是那個嗎？因為『剝奪面具生死戰』的關係。」
「沒錯沒錯。實際上雖然是本小姐跟愛爾咪設下的對決——但以結果而言，因為那件事達到盛大宣傳，進而大熱賣。所以這活動絕對是以動畫化為前提的宣傳——當然有人這樣過度解釋了。」

「……實際上當然不是啦。」

就算真的有以動畫化為前提的企畫。

這種事情也不會發生在銷售量普普通通的我身上。

那種企畫，絕對會採用暢銷作家的作品嘛。

只是機緣很不錯而已，卻因為責任編輯不停宣揚是自己的功勞，就被認為是這樣了。

「什麼啊，真的沒有動畫化的提案過來啊。那這樣就更要讓漫畫化成功才行了呢。」

「是啊……！」

我用力點頭。

雖然情色漫畫老師也說過了，但這對「我們的夢想」來說，達成漫畫化是有著很大的意義存在。

「當然我純粹也很感興趣。畢竟這是第一次——讓自己的作品變成漫畫。」

「可是，如果不找到能讓情色漫畫老師讚賞的漫畫家……」

「就是說啊，已經沒有候補人選了。責任編輯也很生氣地說該怎麼辦才好……我想情色漫畫老師也了解各種情況，但即使如此理想還是太高，也因此煩惱著吧。所以說…………乾脆……」

「所以說……乾脆怎麼樣？」

我把話講到一半就停下來，在妖精的催促下，我說出自己的想法。

「…………………………──好了，我是這麼想的。」

聽到這句話，妖精驚訝地瞪大眼睛。

「！你、你是認真的嗎？」

「是啊，當然是認真的。」

「……有找本小姐商量，真是太好了……聽好了，征宗。接下來就照本小姐說的去做。」

妖精用一臉嚴肅的表情，指著我的鼻頭。

「你現在立刻就把『這個想法』──上去跟情色漫畫老師說。」

我把妖精留在客廳，帶著馬卡龍走上二樓。

站在「不敞開的房間」前面對妹妹喊話：

「紗霧～妖精帶甜點過來嘍。可以的話，能在妳的房間一起吃嗎？」

房門發出嘎吱聲後微微打開，紗霧從裡頭露出臉來。

「不要。」

她瞇起眼睛，很可愛地瞪著我。

「…………那、那就……用Skype邊聊邊吃吧。」

「……哼……不要。」

她鼓起臉頰……完全是在鬧彆扭。

唔～～漫畫化跟實況觀眾被搶走這兩件事看來造成雙重打擊了。想讓紗霧的心情變好，看來只靠美味的馬卡龍是不夠的。

「……那個，姑且也算是順便進行關於漫畫化的討論啦。」

「…………………」

「紗、紗霧？」

「…………沒什麼好說的，快走開啦。」

「……不是，也不能就這樣——」

「就說沒什麼好說的嘛！」

紗霧沒戴耳麥放聲大喊，她低下頭來。

然後用低沉的聲音自言自語說：

「真受不了……最近的哥哥一開口就是漫畫化、漫畫化……」

「……那麼喜歡漫畫化的話……那去跟漫畫化結婚不就好了。」

「什麼？」

怎、怎麼會跑出結婚這個詞來的啊！

紗霧，這句話讓人完全搞不懂是什麼意思喔！

「那個……剛才這句話是……」

「不、不知道啦！」

紗霧瞬間滿臉通紅地想矇混過去。

雖然我想插嘴，但她用比我更大的聲音蓋過去。

「比起我還更喜歡漫畫化的人，我才不會跟他說任何話！」

「知、知道了啦！我不會再問了。剛才的就取消吧，好嗎？」

看來總算是成功地安慰她了，只見紗霧……

「…………………」

淚眼汪汪地點點頭。

什麼啦……這樣不就好像是我欺負她一樣嗎？

「所以……總而言之，紗霧──情色漫畫老師，妳不希望作品漫畫化嗎？」

「……我沒這樣說，還有人家不認識叫那種名字的人。」

沒這樣說──正確來講，就是「沒有找到符合條件的漫畫家的話，就不想漫畫化。」這樣吧。可是，能夠滿足情色漫畫老師的漫畫家，根本不可能存在。

這跟不想要漫畫化，其實是相同意思。

「是嗎？」

真困難。

想要創出最棒的作品，因為是最喜歡的作品所以不想妥協，然後太過於講究——有時候就可能因此妨礙到企畫的進行。

就跟商業輕小說一樣，當複數的人一起進行創作時，只要每當團隊裡有人說出「這也沒辦法」時，那部作品就會開始變得無趣。

「這樣啊……」

可是，想要不說任何一次「這也沒辦法」就完成作品是不可能的。

有人強硬地照自己想法去推動的話，就得要有人放棄某些事物才行。

這應該就是商業作品兩難之處。

就是這麼回事。

關於自己寫的小說，我可以對著讀者大喊「這是完全沒有任何妥協所創作出來的最高傑作！」——不管何時、不管幾次我都敢這麼說。

即使這樣，也依舊只是如此了。

「那麼，這也沒辦法。」

所以我開口對情色漫畫老師說出之前就有想過的「商量內容」。

「那就放棄漫畫化吧。」

這是剛才也對妖精說過的相同台詞。

「…………咦？」

紗霧驚訝得合不攏嘴。

「……你、你剛剛……說了什麼？」

「我是說，放棄漫畫化吧。」

我盡可能讓語氣聽起來溫和點，緩緩地開口這麼說。

「怎、怎麼會！」

「哎呀……我可不是在生氣喔，真的不要弄錯了……我只是覺得，如果不是情色漫畫老師希望的形式，那麼就算不跨媒體製作也沒關係。」

「……但、但是……夢想……我們的……夢想會……」

「如果是『我們的夢想』，即使不漫畫化也是能夠實現的。因為有些輕小說也沒有漫畫化，但還是能動畫化嘛。」

「……啊…………嗚……」

紗霧臉色發青地顫抖著。

因為自己的關係，所以害得跨媒體製作告吹——這讓她陷入自責了吧。

現在得立刻稍微讓她減輕一些負擔才行。

「不用在意啦！沒問題的！想想看，靠著妳在大舞台上打倒愛爾咪的關係，第一集不是說賣到翻過來嗎？以新作來說，這可是有一個最棒的開始呢！這絕對是比漫畫化還要厲害許多的事情喔！」

我把視線降低到跟妹妹相同高度對她說：

「所以沒問題的，讓我們一起慢慢努力吧。」

「笨、笨蛋！」

然後在超近距離被痛罵。

「…………」

我驚訝地眨了眨眼。

「和泉老……」紗霧這麼講到一半，此時突然用力搖搖頭。「哥、哥哥你……為什麼那麼……那麼……………」

「每次總是，那麼縱容我！」

「────」

紗霧用一臉隨時會哭出來的表情訴說著。

「明明這是不對的……是我……不對……只是不希望……失去……嗚……所以就講些任性話

而已……哥哥……根本不需要放棄！」

「……………………」

我瞪大眼睛，整個人僵住。我從來沒有想過……紗霧竟然會說出這種話。

「…………是嗎？」

雖然只聽清楚斷斷續續的話語，但妹妹的心情已經強烈地傳達給我。

「……………………」

「……………………」

一時間，我跟紗霧互相無言地注視對方。

「我知道了——情色漫畫老師。」

我喘口氣，把緊張感也一起吐出去。

「我決定還是不放棄漫畫化。」

「……嗯。」

紗霧似乎鬆了一口氣。

「可是，真傷腦筋。『如果不是情色漫畫老師希望的形式，那麼就算不跨媒體製作也無所謂。』——這是我的真心話。」

「所、所以說……那是……」

「到目前為止找來的漫畫家們——妳都不喜歡吧。」

「…………………………………………………………………………………」

「請妳老實回答我。」

「…………嗯，不喜歡。」

「是嗎？」

責任編輯拚命找來的作畫候補人選都不喜歡。

說要中止漫畫化也不喜歡。

真是超任性的。正常的社會人士絕對不會這麼說，小孩子才會像這樣發牢騷。

這讓我覺得好高興。

……能聽到她的真心話，真是太好了。

因為紗霧是妹妹——所以總是會對哥哥說些任性話嘛。

「那麼，就只能想辦法解決了呢！」

啪！我拍拍自己的臉頰，露出笑容說著。

「我們不會放棄漫畫化！可是情色漫畫老師的希望也要全部實現！就這麼決定了！」

一切就交給哥哥吧！

「……哥、哥哥。」

紗霧淚眼汪汪地注視著我。

此時，妹妹突然驚覺。

「所、所以說……不、不可以那麼放縱我…………不、不要那麼溫柔啊！」

「不要。」

我模仿紗霧，瞇起眼睛對她這麼說。

「咦、咦咦……」

「才不要，我才不會什麼事情都照妳說的去做。妳說『為什麼那麼縱容我』是吧——那當然是因為這樣做很開心啊。是我自己高興才那麼做的——想要別人對妳嚴格點，妳自己嚴格要求自己就好啦。」

「那……那種事……太困難了。」

「我知道——妳看，我是個很嚴格的哥哥吧。」

「…………………………唔。」

紗霧以似乎不太能接受的模樣思索，接著抬起頭說：

「那個……所、所以……要、要怎麼辦？」

「就是找出完全符合『情色漫畫老師開出條件』的漫畫家，請他擔任漫畫化的作畫啦。」

「……但是……那種人……」

「就是說啊……這是問題所在……剛剛也才正在跟妖精商量呢。」

我低頭往下看，想起還留在樓下的妖精。

「妳看嘛，那傢伙也有漫畫化，所以就想說向她問問看。」

「哼、哼嗯……又都是跟小妖精……」

紗霧低著頭低聲自言自語。

「妳說了什麼嗎？」

「沒什麼……對了……小妖精的《爆炎的暗黑妖精》是找哪一位老師漫畫化的？」

「咦？喔，我記得是——……………………記得是……」

「？……哥哥？」

紗霧驚訝地看著我的眼睛。

但是我完全沉思在突然湧現的想法之中。

「……………………………………………………………………」

——必須能畫出跟情色漫畫老師相似的畫風，像到本人也看不太出來的等級。

——必須喜歡原作到僅次於情色漫畫老師的程度。

——必須能夠畫出厲害的畫作，可以贏過使出全力的情色漫畫老師。

我突然發現了。

「有、有了……！也許……真的有喔……………完全符合的人選。」

隔天，我馬上前往「完全符合的人選」家中。

當然，這是跟責任編輯神樂坂小姐商量過後才前去拜訪。

我在電話裡說明了想到的內容之後，她這麼說——

『哈哈，「那個人」的確能全部符合「情色漫畫老師所指定的條件」呢……不過「那個人」實在是個超級問題人物，如果不是這種緊急狀況實在不會想去拜託她……不過現在也管不了那麼多了……好啦，既然如此就請和泉老師先試著跟對方商量一次看看。以現狀來說，比起我直接去說服還不如由你們去談談，這樣對方接下來的可能性應該會比較高吧。』

我也是這麼想。雖然要說服對方應該很難，但老實說也想不到比這更好的點子。只能想盡辦法請對方接下這份工作。

《世界上最可愛的妹妹》漫畫化作畫所需要的最適合人選。

「情色漫畫老師指定的條件」全部都能滿足的漫畫家。

如果要問說是誰的話——

「要叫老子我擔任漫畫化的作畫？」

跟各位所想的一樣，是這位人物，也就是情色漫畫老師Great，天才美少女插畫家愛爾咪。

因為到前一陣子都還是敵人，所以花了點時間才想到她。

……仔細想想，沒有人比她更符合這些條件了。

如果這位直言自己才是「正牌」的情色漫畫老師，還曾經一度大勝過紗霧的人能夠成為夥伴……那真是十分可靠，可說是如虎添翼。

愛爾咪用力睜大上吊的眼睛，並且指著自己的臉。她今天的服裝是肚臍整個露出來的輕便運動型裝扮。

「嗯，就是這樣。我們想務必拜託愛爾咪妳來擔任。」

情色漫畫老師也在我拿著的平板裡頭很跩地說：

「真沒辦法，讓妳來畫也無所謂喔。」

……這傢伙還真的全力裝得一副了不起的樣子。

就連「其實這工作我也不想交給任何人……不過啊，是妳的話還能勉勉強強妥協一下喔。」這樣掩飾一下也不幹。

……這就是情色漫畫老師「身為插畫負責人的真心話」嗎？

順道一提，這裡是愛爾咪房間的客廳。

我跟情色漫畫老師的對面，愛爾咪跟妖精正並排坐著。

「給、給本小姐等一下！這種事情！當然是不行的吧！」

妖精慌忙地發出怒吼。

「雖然知道你們正為了漫畫化的事情在煩惱……但、但是沒想到居然把主意動到本小姐的愛爾咪頭上來！這、這是不可原諒的行為！而且啊，昨天你根本就沒有講到這件事！」

「因為跟妳講的話，妳就會生氣地跑來妨礙我們嘛。」

「知道了還做出這種行為！你這傢伙只要扯上妹妹就真的是……！真的是……！啊啊，受不了啦！」

「我現在是跟愛爾咪大師講話，所以妖精妳安靜點喔。」

「怎麼可能安靜得下來啊！愛爾咪可是有本小姐的著作《爆炎的暗黑妖精》這份工作啊！而且不只是插畫，就連漫畫化也是愛爾咪親自作畫的耶！」

「沒錯沒錯，還有動畫的角色設計跟版權插畫之類的也都是老子畫的喔。現在剛好正在畫遊戲用的CG呢。」

插畫、漫畫、動畫和遊戲——全部都是愛爾咪自己畫的，似乎是這樣。

雖然就像那個還是國中生就賣超過一千萬本的某人一樣難以置信，但卻是事實。

因為也有像「插畫家兼漫畫家兼輕小說作家」或是「插畫家兼動畫製作兼音樂人」這樣超越常識的一群人在，所以事實比小說還離奇這句話講得真是不錯……不過聽起來都差不多一樣難以置信就是。

不管怎麼說，愛爾咪老師是個不管什麼都要自己來的人。

不愧是被稱為「萬能繪師」的人。

也的確有著能夠把情色漫畫老師逼入絕境的實力。

正因為如此，我們才會來到這裡。

「看吧！聽到了沒。愛爾咪現在已經有許多工作所以超超超超～～～～～～～～～～～級忙碌的！

「不可能接下你們的工作啦！知道了嗎！」

「……所以，妖精雖然這麼說……」

「輸給我的愛爾咪妹妹，敢接下漫畫化的工作嗎？」

喂喂，今天的情色漫畫老師怎麼拚命嗆人啊。

對於我們的詢問，愛爾咪採取這種態度。她把手指放在下巴……

「嗯～～～～說得也是……依照條件好壞，要老子接下也是可以喔。」

「這是什麼好像很有機會的態度！本小姐的《暗黑妖精》要怎麼辦啊！」

砰！妖精用手拍打矮桌。

這傢伙今天從登場之後就一直在發脾氣呢。不過我能理解她的心情，之後再好好道歉吧。

愛爾咪轉向妖精，天真無邪地露出虎牙微笑著。

「放心吧，艾蜜莉。老子我還有空閒時間啦。」

「騙人的吧！妳真的是個怪物耶！」

真的啊，就連自己跑來拜託的我也超級吃驚。

愛爾咪老師現在絕對忙碌到不行，所以可能會用行程無法配合來拒絕——這點原本讓我非常緊張……可是現在卻說還有空閒？真的嗎？

什麼都能畫、技術高超再加上工作速度快到離譜……這什麼鬼啊。

該說是個破壞平衡還是該說她是作弊角色呢……如果她不是個超級麻煩製造機的話，說她就是最強的插畫家也不為過吧。

「就、就算工作的行程還有空閒好了！在這個動畫化超忙碌的時期，有什麼要讓妳即使惹火本小姐！也得要刻意接下新工作的理由嗎！」

「有耶，有啊有啊，而且很多喔～」

「有很多？」

妖精瞪大眼睛，一副不敢相信的表情。

愛爾咪板著手指說明。

「第一，艾蜜莉忌妒的表情超可愛。像這樣為了老子生氣，真的好開心喔。」

「喵嗚！」

愛爾咪用手指按了按陷入動搖的妖精鼻尖。

「第二，老子我可是和泉征宗的大書迷，無論如何老子我都想親自進行《世界妹》的漫畫化。」

「……哼，不過是個從《世界妹》才開始看的一日書迷。」

情色漫畫老師開始刻意找碴。

愛爾咪朝著平板電腦回應：

「雖然妳說得沒錯，但是看完《世界妹》之後，老子也有將《銀狼》跟《黑劍》都看完嘍。每一部都很有趣，好看到——讓老子覺得能夠『灌注真心』地畫圖呢。」

《黑劍》是我出道作的書名。

——老子我的「情色漫畫光線」只能對完全符合喜好的事物使用。

愛爾咪的發言沒有虛假。

這樣的話……真是開心。糟糕，臉上都露出笑容了。

「征宗……話先說在前頭，愛爾咪大致上不管什麼東西都會說『很有趣』喔。所以你可別得意忘形啊。」

「……你是在害羞什麼啦？」

妖精就先不管，情色漫畫老師會生氣也是當然的。

現在可不是作品被稱讚而害羞的時候了。

愛爾咪再次扳起手指。

「第三，紗霧是尊敬的師父的女兒——對老子來說就像是妹妹一樣。妹妹陷入危機，前來尋求幫助的話——當然會想要盡一份心力。」

這是非常讓人能夠接受的理由。

愛爾咪更進一步扳起手指。

「第四，接下這份工作之後，老子我就能獲得『對情色漫畫老師報仇的機會』了。」

「這什麼意思？」

「回答這個問題之前，讓老子我重新說一遍——紗霧，妳真是贏得漂亮。」

愛爾咪筆直地看著平板電腦的畫面——也就是情色漫畫老師的臉這麼說。

「…………啊…………」

受到能畫出跟母親相同水準畫作的「師兄」認同——雖然該說是「師姊」才對——但這件事，對紗霧來說想必是非常重要的吧。

「……嗯。」

現場感受到充滿喜悅的氣氛。

愛爾咪更接著說：

「老子我就承認吧！妳才是『正牌』的情色漫畫老師！」

「人、人家不認識叫那種名字的人！」

雖然很高興，但會覺得丟臉的事情看來還是很丟臉。

這一幕過後，愛爾咪再次開口說：

「就是這樣——老子輸給情色漫畫老師了。但果然還是很不甘心，所以一直虎視眈眈等待能再次對決好報一箭之仇的機會。」

「……明明都用內容完全一樣的繪圖實況……把我的粉絲都搶走了……那個絕對也是在報仇吧。」

情色漫畫老師以怨恨的語氣插話進來。

「正確答案！這樣子就是兩勝一敗，數字上是老子贏了——雖然如此，但是因為在重要的對決裡輸掉，所以現在還沒辦法完全釋懷。」

愛爾咪嘻嘻……地露出虎牙，展現出好戰的笑容。

「這時候，就是這次的工作委託了！呵呵呵………老子就來負責你們的漫畫化，然後創造出超級有趣的作品。這樣子你們的書迷閱讀後，就會說出『漫畫版比原作還要有趣耶！』的感想——這樣老子我就會覺得超級爽快！輸掉的悔恨也會一掃而空，然後就能大喊『贏啦！』來誇耀勝利！」

「這本小姐超懂的！」

幾秒前還很生氣的妖精，很開心地表達贊同。

「就是這樣！就是這樣啊！跨媒體製作就是跟原作的對決！本小姐在動畫版《暗黑妖精》裡也將以原作者的身分跟導演還有工作人員們一起創造出最棒的作品——還要讓本小姐的下僕(書迷)們說出『這部動畫超有趣的！』『不過原作更加有趣耶！』這些話來！」

她緊握住拳頭。

「具體來說，就是要在動畫播放後的慶功宴上，溫柔地拍拍導演的肩膀對他說『哎，你也很努力了嘛。』，是本小姐現在的目標。」

這個原作者大人真是討厭。

「哈哈哈，真像是艾蜜莉的風格。」

像是很理所當然一樣，她們真的打算贏過動畫。

妖精也好愛爾咪也好，為什麼立刻就想要用作品來交戰呢？
跟他人競爭有那麼有趣嗎……不，是很有趣。我也跟妖精和村征學姊競爭、交戰過……雖然實在超級辛苦，讓人再也不想經歷第二次……但真的很快樂。
愛爾咪把扳著手指的手展示給我們看。
「雖然只是簡單列了一下，但剛才這些就是『老子我願意接下漫畫化的理由』啦——不過……」
「？」
愛爾咪這奇妙的措辭，讓我疑惑地歪著頭。
她俏皮地吐出舌頭。
「老子我才不會平白接下這工作呢〜」
「！」
我——還有恐怕連情色漫畫老師也一樣——都瞪大眼睛。
「喂喂喂喂喂——你們在驚訝什麼啊？老子我直到之前都是你們的敵人吧。或者說現在也還是敵人啊——當然不可能無條件地幫忙你們——會開開心心地跟敵人混在一起的，頂多只有某個白痴輕小說作家而已！」

「等等！最後那個很明顯是在講本小姐吧！」

妖精猛烈地吐嘈。接著，我也這麼問：

「可、可是妳剛才……說紗霧就像是妹妹一樣……想要幫助她……」

「所以啊～～就是要『有代價』的幫忙啦。」

愛爾咪笑嘻嘻地用手指比個圓圈。

「不過當然不是指『金錢』喔。難得敵人都跑來求救了。全力展現些誠意出來，才算盡到禮儀嘛。」

「只要是我能辦到的事，就儘管開口吧。」

我立刻回答。因為，除了愛爾咪以外已經沒有別人能仰賴了。如果這傢伙拒絕的話——就無法依照情色漫畫老師的希望進行漫畫化。

「……哥、哥哥……」

「沒問題的，交給我吧——來吧，愛爾咪，告訴我。妳所說的『代價』，到底是什麼樣的東西？」

「咿嘻，不用慌！」

愛爾咪移動到我身邊，然後一把搭住我的肩膀。

「嗯，總之……」

她在我耳邊輕聲細語著。

「讓我們變得要好點吧，征宗同學♡」

只有最後這句，是有如普通女孩子般可愛的聲音。

「有看到嗎？有看到嗎？老子抱住征宗你的肩膀說『我想跟這傢伙兩個人單獨聊聊所以別跟來喔』的時候，她們兩個的表情！哇哈哈哈哈！真是超級好笑啊！」

「妳這傢伙！到底是想怎麼樣啊！這下子紗霧會有奇怪的誤解吧！」

經過幾十分鐘之後。

我跟愛爾咪兩人走在前往新宿車站的路上。

妖精並不在場，跟紗霧的通訊也切斷了。

在那之後——

愛爾咪完全不進行說明，突然說聲「走吧！」就拉住我的手。妖精一臉不高興的表情，也許是察覺到什麼了，她遵守愛爾咪的要求並沒有跟過來。

「想怎麼樣啊……就是在前往目的地的同時，跟你說第一個報酬的內容啊。」

「目的地？還有，第一個是……」

「咯咯咯，你以為只要一個就好了嗎？真遺憾，就請你好好讓老子任性一下，直到滿意為止啦。總之就先來兩個。」

愛爾咪用單手比了個剪刀的形狀。

另外，她為了要外出也有換過衣服了。牛仔褲配上明亮色調的連帽外套，是很男孩子風格的服裝。

「只要聽從老子兩個要求，就幫你們進行漫畫化。」

「真、真的嗎！」

「老子我絕對會遵守約定。」

的確沒錯。

這傢伙在跟情色漫畫老師的對決輸掉時，也依照約定暴露出真實面貌了。

「能接受了嗎？那第一個報酬——要求。就是『今後只要是在艾蜜莉面前，你就要跟老子打情罵俏』。」

這是什麼要求啊。

「……難道妳喜歡我嗎？」

「以朋友來說的話沒錯喔。」

就是說嘛——我們都各自有喜歡的人了嘛。

「那為什麼還要這樣？」

「我想看她忌妒的表情。想讓她焦急，想欺負她。」

愛爾咪用一臉陶醉的表情說著。

「這麼一來，她就會生氣，希望老子能多注意她！」

聽完這句話，讓我感到渾身無力。

「妳這傢伙喔……」

「你也懂吧？如果是男生的話。」

「唔……」

的確……即使是對哥哥的感情也好——

我想讓紗霧忌妒一下！

「心情上是能理解……不過萬一被討厭的話我可不管喔。」

妳是小學低年級的男生喔。

愛爾咪揮揮手指。

「沒問題沒問題♪艾蜜莉反而是跟她吵過架或敵對的人，最後都會變得要好喔。」

不愧是青梅竹馬，很清楚她的性格呢。

「不過妖精很敏銳，如果演技太差不是會被看穿嗎？」

「因為艾蜜莉是笨蛋，就算演技很差也能輕鬆騙過她喔。只要方法對就行了——所以啦，第一個報酬，就拜託你嘍♪」

「這件事對紗霧……」

「講出來的話，這件事就當作不存在。」

「為什麼啊，只要不被妖精發現就好了吧。」

「不用『兩人的祕密』這種形式進行，就沒有真實感啦。妳也很想讓妹妹忌妒一下吧。」

「唔唔……」

「那就這樣吧。就算被『哥哥！這是怎麼回事！』這樣逼問，你也不能說出口喔。」

「唔…………」

雖然沒有自信，但在事關漫畫化的情況下，也只能硬著頭皮上了……吧。

「然後呢？……我們到底要去哪邊啊？」

雖然知道是要到車站搭乘電車。

「那還用說，當然是去領取第二個報酬啦——也就是去你家。」

從新宿車站搭乘電車，跟愛爾咪一起回到自家當地。

她在五反野車站前東張西望地看來看去。

「哦～～明明都是東京，但是這裡跟新宿那邊一比，該怎麼說才好呢……就是很有風情的感覺！」

「……妳不用刻意稱讚也沒關係啦。」

畢竟跟新宿比較的話，當然會顯得寒酸。也沒有高樓大廈之類的。

「這可不是講來安慰你的啊，這裡是個好地方耶！有什麼觀光景點之類的嗎？」

「我家附近的話……值得一看的就是已經成為動畫聖地的荒川河堤吧。其他像寺廟、神社或史跡也到處都有，到了春天櫻花會開得很漂亮喔。」

「哼嗯，嗯嗯——」

就像這樣，不管講些什麼她都能聽得津津有味，一路上走來也挺愉快的。

關於「第二個報酬」倒是一直賣關子，到現在都還不肯告訴我。

亞美莉亞．愛爾梅麗亞。

情色漫畫老師的師姊，紗霧的勁敵。

像這樣跟她一起走在街上……有種不可思議的感覺。

「不過同業裡頭最有人氣的景點，東京拘留所大概是壓倒性的第一名吧。」

「那不是觀光而是取材吧。」

邊聊天邊走路的同時，終於能看到我家了。

不過——

「嗨，征宗學弟，歡迎回來。」

村征學姊在家門口等著我。

千壽村征學姊，是跟我在同一個出版社寫小說的超級暢銷作家。

她以跟平常相同的和服裝扮，與平常相同的沉穩表情，以及凜然的姿勢站著。

「我回來了。那個——學姊，怎麼了嗎？」

「恭喜你第二集完稿，我想立刻閱讀於是就過來了。」

「啊。」

原來如此，是這件事啊。

村征學姊瞄了愛爾咪一眼。

「話說回來，征宗學弟，這位女性是？」

「喂喂……竟然不知道老子？真的假的？現在老子我在影片網站可是超有人氣耶！甚至被評為跟超知名的YouTuber並駕齊驅喔。」

「不知道。」

村征學姊乾脆俐落地丟出這句話，對這個人炫耀是沒用的。

「學姊，難道說──『剝奪面具生死戰』妳沒有看嗎？」

「就是你妹妹陷入危機的事件吧。聽說已經平安解決了，不過我沒有看影片──因為不知道收看的方法。」

「是嗎，村征學姊妳很不擅長機械類的東西呢。」

開啟影片網站，輸入關鍵字搜索──連這樣都辦不到嗎？

好奇怪……這個人明明也有寫過科幻小說啊。

「我很……擔心喔……要是沒辦法讀到你新作的後續我會很困擾……而且……」

村征學姊微微臉紅，小聲地自言自語說：

「……要成為我義妹的女孩，也、也陷入危機……」

學、學姊，我聽到了耶！妳、妳在說些什麼啊，真是的……！

感受到臉頰變得滾燙的同時，我把愛爾咪介紹給學姊。

「她是情色漫畫老師Great『裡頭的人』，插畫家愛爾咪老師。雖然還沒有正式決定，但這次《世界妹》的漫畫版，將請她來繪製。」

「請多指教啊！就叫老子愛爾咪就可以了！」

愛爾咪好像很熟識般地拍拍學姊的肩膀。

這種會得意忘形的感覺，跟情色漫畫老師是相同系統呢。大概是受師父的影響吧。

「喔……妳就是那個時候的……原來如此，演變成這樣情況啦。我是——千壽村征，是征宗學弟的朋友。」

照慣例，是個很沉穩——但又讓人有點難為情的自我介紹。

「千壽村征啊。我知道我知道，就是和泉征宗老師的情婦，最近還有為愛沖昏頭所以開始寫戀愛喜劇小說的傳聞——」

「喵嗚！情婦——為、為愛沖昏頭！我、我被講成那樣了嗎！」

冷靜的表情瞬間改變，學姊陷入混亂地看著我。而我則是靜靜地把視線移開。

「……只、只是謠傳而已……不用在意喔。」

「謠傳已經傳開這點是事實嗎！怎……怎麼會……唔……」

大致上，不管對學姊說什麼她都不會有所動搖。不過只要扯到跟愛戀或是情色有關的東西，她就會受到強烈打擊。

此時，愛爾咪有如算準般地說出一句話：

「都穿著那麼色的比基尼在同一個房間了，難道情婦這件事不是真的嗎？」

「這麼說來，妳也目擊到我的醜態了是吧！快忘掉！不對，只能殺掉了……！」

「唔咕！」

學姊在聽到對方回答之前，就勒住愛爾咪的脖子。

「愛爾咪，用妳那種理論的話，妖精也會變成我的情婦了吧。」

「別在那冷靜地吐嘈快阻止她！這傢伙的眼神是認真的啊！」

千壽村征與愛爾咪——這雖然是她們第一次直接見面。

不過還真是對吵吵鬧鬧的組合。

帶兩人來到客廳後，我再次詢問愛爾咪來到家裡的理由。

「差不多可以告訴我了吧。讓妳接下漫畫化工作的『第二個報酬』到底是什麼？」

「光是特地跑來這裡，你應該就已經微微察覺到了吧？『第二個報酬』是必須直接向情色漫畫老師領取的東西。」

「……所謂直接，是代表要跟情色漫畫老師見面？不是透過Skype？」

「是啊，得直接見面跟她要求。因為不這樣的話，就沒有意義了。」

「…………」

「別露出那麼恐怖的表情。老子可沒有要對你妹妹做什麼過分的事情喔。」

「那麼，先告訴我。妳打算對紗霧要求些什麼東西？」

「老子我的要求就是——」

愛爾咪像是惡作劇般閉上單眼，並露出笑容。

「——『為了創作出有趣的漫畫，所以一起開會討論吧。』」

紗霧絕對不會走出房間外頭，如果不是什麼重大情況，也不會讓其他人進入「不敞開的房間」裡頭。

這次——也許就是「重大情況」吧。

……不管是什麼樣的理由，能跟紗霧直接面對面的人可以增加的話，對我來說也是很高興的事情。對紗霧來說，也是件好事……我是這麼認為的。

「我明白了，我去問問看她本人。」

當我為了去見紗霧而打算離開客廳時……

「征宗學弟，請等一下。」

村征學姊出聲叫住我，我只把頭轉向她說道：

「啊，學姊是想看《世界妹》第二集的完成原稿對吧。那我等一下就順便從我的房間拿過來……」

「不是這件事。」

學姊搖搖頭。

「事情經過我明白了。漫畫版《世界上最可愛的妹妹》的討論會議……也請讓我一同參與。」

獲得情色漫畫老師的許可之後，大家立刻在「不敞開的房間」裡，進行「《世界上最可愛的妹妹》漫畫化討論會議」。

參加者有我、情色漫畫老師、愛爾咪老師。

「話說為什麼妳也在這裡啊？妳不是相關人士吧。」

然後不知為何，就連千壽村征老師也一起參與。

我跟情色漫畫老師並排坐著，隔著折疊式桌子，愛爾咪與村征學姊就坐在對面。

「征宗學弟的小說要改編為漫畫……對我來說也是非常重大的事件。身為一名書迷，有義務見證這部作品會不會偏往奇怪的方向。」

這就是村征學姊闖進討論會議的理由。

聽到這句話的愛爾咪，感覺很厭煩地說：

「村征妳這句話要在自己的小說跨媒體製作的時候講啦。因為妳都不監修的關係，《幻刀》的動畫都變成另一部作品了耶。」

《幻想妖刀傳》——這是千壽村征最近才播放動畫的代表作品。

「這兩件事可不能混為一談啊，漫畫家。」

學姊對愛爾咪似乎是這麼稱呼的。

「我是個只能夠寫小說的人。其他事情什麼都辦不到，也沒興趣，更不想去做。就算聽取這種原作者的意見，《幻刀》的動畫或是漫畫，我想也不會變得有趣。」

「是這樣沒錯。那這次的討論會議妳也別插嘴喔，因為完全沒有監修能力嘛。」

「我說過不能混為一談了吧，知道嗎？給我聽清楚了，漫畫家——有關《世界妹》的內容，身為大書迷的我可是比妳這種人要來得清楚許多。」

「……所以？」

「照我所說的去畫。」

「征宗、情色漫畫老師，仔細看好嘍……這就是所謂的原作廚啦。」

我知道。

這位學姊，可是會在我不照著她的心意開始撰寫新作時，就親自跑來打垮我的書迷喔。

不過，是這位大人物的話，就不只是個原作廚——狂信級的書迷。因為她也是個文筆超好的小說家，所以我想她的意見是有一聽的價值。

或者說，情色漫畫老師自己也講過……創作作品的相關人員，所有人都熱愛著原作當然會比較好。如果辦得到的話。

「…………………………………………」

就在這些交談之際……不對，從我們進入這個房間開始——就有個人一句話也沒有說過。

那就是情色漫畫老師——紗霧。

「…………呃……那個……」

她並非是因為不高興才沉默不語，只是因為溝通障礙的關係，不能參與會話的疾病似乎發作了。

我毅然決然地朝著正吵吵鬧鬧地在爭論的村征學姊和愛爾咪大喊：

「所有人注意！情色漫畫老師好像想說些什麼！」

「「…………………」」

爭論乍然停止，兩人轉而注視著情色漫畫老師。

結果紗霧雙眼呈現打叉叉的狀態說：

「……這、這樣我反而難開口！」

是嗎……抱歉。

雖然紗霧忸忸怩怩了一陣子……但最後她稍微深呼吸後，開口這麼說：

「……跟我直接見面，『為了創作有趣的漫畫要一起開會討論』——這就是愛爾咪接下漫畫化工作的條件……真的嗎？」

「嗯，真的啊。在接下工作之前，老子想要直接跟妳見面談一談。因為等到一起工作時……對於作品的想法不合這種事，其實也挺常見的。所以如果能來開個能夠接受的討論會議，老子就會接下這份工作。」

雖然這說詞聽起來很合理……不過到底有多少是真心話呢？

她究竟有什麼企圖……看來有必要邊開會邊弄清楚。

「………我明白了。」

紗霧也以奇妙的表情點頭，想必是跟我有類似的想法吧。

「好啦，差不多也該開始進行討論了。」

「首先……要討論哪方面的事情？」

「都難得像這樣見面了。想必對於負責漫畫化作畫的老子我，會有些話想要說吧？所以就在這邊講個痛快——之後再開始進行討論吧！」

「真有膽量啊，漫畫家！首先就讓我講吧！」

原作廚第一個舉手。

等待情色漫畫老師發言的愛爾咪很不耐煩地瞇起眼睛。

「喂，征宗啊……不覺得這傢伙很礙事嗎？」

「別、別這麼說！就稍微聽她說說看嘛！」

原作廚……不對，村征學姊大大張開雙手主張說：

「《世界妹》的原作小說裡，有很多我非常非常喜歡的場景！妳要全部、確實、毫無遺漏地！通通畫成漫畫！妳要知道這並不只是我——而是所有和泉征宗書迷的期望！」

「嗯……也對啦，原作迷都會這麼說吧。對於原作者和情色漫畫老師來說，應該也會在意這個部分。」

愛爾咪盤腿坐著，腳趾不停地轉動。這似乎是她在思考時的習慣動作。

「話雖如此，但小說裡頭的場景與台詞，實在是不可能全部直接畫成漫畫……這已經是媒體差異的問題了，應該說根本無法解決嗎？雖說如何從這種情況下改編成有趣的漫畫——正是能展現我們實力之處……」

「喂……難道說……妳……該不會……打算要刪減原作劇情吧？」

村征學姊妳很可怕耶！妳釋放出跟我們初次見面時一樣的黑暗氣息了啦。

就連愛爾咪也感到恐懼。

「那、那個……順便問一下，村征妳……如果在無可奈何下，非～～得要刪減才行的話……原作小說的那段場景還算ＯＫ？」

村征學姊以失焦的眼神這麼說：

「妳在無可奈何下，無論如何……都非得要被我砍一刀的話，右手、左手、右腳、左腳……頭……哪邊比較好？」

「當然全部都不行啊！」
「沒錯吧，所以全部都要留下來……聽懂了嗎？聽懂沒！」
「征宗！這傢伙不是普通的原作廚，是最糟糕的原作廚啊！」
我知道啊！
而且也重新了解到一件事。
那就是不讓千壽村征老師進行任何監修，這在各種層面上都是最正確的選擇。
這種原作者如果在現場的話，根本就只會礙事而已。
愛爾咪用力瞪著渾身散發出黑暗鬥氣的村征學姊。
「抱歉啊，要怎麼把原作改編成有趣的漫畫——那是由老子跟原作者來決定的事情。外人就閉上嘴巴，妳就只要閱讀完成的作品，大喊『超有趣啊！』地感動就好。」
「如果無聊的話就殺了妳。」
「好樣的，妳這蠢蛋。絕對要讓妳說出『比原作還喜歡漫畫』這句話來。」
村征學姊跟愛爾咪之間，暫時不停地激出火花來。
接下來，愛爾咪探出身體偷偷在我耳邊說：
「征宗，看清楚啦……剛才這就是聽糟糕原作廚的意見也不會有任何好下場的例子。」
「也許是這樣沒錯，不過我還挺喜歡像學姊這樣的讀者喔。」
熱愛原作，愛到被揶揄為原作廚的讀者們。

為了創作出有趣的作品，他們的意見絕不能全盤接納。

可是，也絕對不能輕視他們的意見。

寄讀者來信給作者。

前來參加簽名會。

大聲為作者打氣加油的，我想一定就是這樣熱情的人們吧。

「因為跟村征學姊討論彼此的作品時……真的很開心呢。」

「我也是！」

學姊傳來像是小朋友般的回答。

感覺像是隻正猛烈搖著尾巴的小狗。

「我也是只要跟征宗學弟說話……就很開心！所以才會每個月搭電車過來玩好幾次，直到零用錢花光為止。」

這實在不像是賣超過一千萬本的作家所說的話……雖然聽了很高興。

此時……

咚咚，有根手指在戳著我的膝蓋。

「嗯？妳……有什麼話想說嗎？紗霧？」

紗霧把嘴唇貼到我耳邊。

「……你是為了跟小村征打情罵俏，才把大家集合起來的嗎？」

好傷人！

「當、當然不可能是這樣啊！那個！就是——那個啦！」

我慌忙進行辯駁。

「我最重視的，只有紗霧而已！」——雖然想講類似這樣的話，但這時我內心還沒有整理好拿來當藉口的台詞，所以就把心裡想到的話直接說出口。

「紗霧！能讓我發出情色漫畫光線的，就只有妳而已啊！」

「哥哥你是變態！完全聽不懂你想講什麼！」

看來只把有點色色的微妙差異傳達給她而已，紗霧滿臉通紅地陷入混亂。愛爾咪也迅速做出反應。

「喂！那邊的！不要把老子師父的最終奧義，當成色色行為的黑話來用好嗎！」

「人家才沒有！」

「你、你們幾個！到底在說些什麼啊？一定是些不知羞恥的話吧！」

所有人都自己講自己的，對話完全無法成立。

「唔啊啊啊！『情色漫畫』這筆名沒有什麼情色的含意，這老子我之前就講過了吧！紗霧，妳也快解釋一下吧！」

「對、對啊……愛爾咪說得沒錯……『情色漫畫』這是……島、島嶼的名稱。」

紗霧開始進行慣例的解說，但是愛爾咪卻這麼回答：

情色漫畫老師

「咦？喂喂，紗霧──妳在說什麼啊？『情色漫畫』是……城鎮的名稱吧？」

「咦？」

「咦？」

「…………………………………………怎、怎麼回事？」

「……………………………………這是怎麼回事？」

情色漫畫老師與情色漫畫老師Great。

師妹與師姊。

兩人之間──對於「情色漫畫」這個筆名的由來，似乎有點出入。

「稍、稍微等一下。紗霧妳……這個由來是從誰那裡聽來的？」

「是、是媽媽跟我說的！她說『紗霧，聽清楚喔。我的筆名「情色漫畫」是島嶼的名稱喔。』……她還說『這絕對……絕對！不是什麼羞恥的筆名──媽媽一點也不色喔──』……」

這句話把紗霧媽媽的拚命程度充分地傳達給我們了。

「妳、妳呢……？」

紗霧對愛爾咪詢問。

「老子的話，是第一次遇到師父的時候——」

『Hi～亞美莉亞妹妹♪妳好初次見面♡』

『……………呃～～………………Miss成人漫畫？』

『人家不認識叫那種名字的人！』

『——啊！不、不是的！我的筆名不是成人漫畫的意思！那個……那個——對、對了！城鎮！是城鎮的名稱喔！』

『……城鎮？』

『對！是有著「熱風吹拂的平原」這種意思的澳洲小鎮喔！這就是我筆名的由來！』

『……真的嗎？』

「——當時的對話是這樣，她是這麼告訴老子的。」

糟了。

我………也許發現了非常重大的事實。

情色漫畫老師的「情色漫畫」…………………………………就是情色漫畫的意思吧。

「喂，征宗，你覺得哪邊才是正確的？」

「哥哥，你認為呢？……我覺得是島嶼的名稱才對……」

「就當成兩邊都是對的就好啦！這個問題，我想不要太深入追究會比較好！」

「咦～～可是……」「你不想弄清楚嗎？」

「既然本人都已經不在了，也沒有確定的方法嘛！讓我們回來進行漫畫化的討論吧！好吧！可以吧！」

為什麼我非得要幫Miss成人漫畫小姐收拾殘局才行啊！

可惡……這個祕密，我絕對要藏在自己心裡。

一定要把它帶到墳墓裡……這是為了妹妹！

「那就回到正題。」

愛爾咪重整心情後，這麼催促著：

「情色漫畫老師有什麼想對老子說的話嗎？」

「……………沒、沒什麼……想說的。」

紗霧緊握住拳頭，擺在跪坐著的膝蓋上。

「哼嗯？是這樣嗎？關於老子擔任漫畫化的作畫這件事——妳真的打從心底，覺得自己能夠接受嗎？」

「………………能、能夠接……受。」

「是嗎？那這樣我就不打算接下這工作了。」

「！」

原本低著頭的紗霧，一下子就將臉抬了起來。

「為、為什麼……」

「因為妳講了無趣的謊話啊——老子我說過啦，這是『為了創作出有趣的漫畫而進行的討論會議』喔。會講些無聊謊話讓漫畫變得無趣的傢伙——老子我可不想跟她一起工作。」

真是嚴苛的講法。

「怎、怎麼會……」

紗霧好像受到很大的打擊，表情瞬間變得鐵青。

接著，愛爾咪這次用很溫柔……可是卻又很無可奈何的語氣說：

「紗霧啊。就算不討好老子也沒關係喔，把妳的真心話講出來吧。不然的話就創作不出有趣的作品，也沒辦法幫助妹妹啦～」

啊……終於，連我也明白了。

我察覺到愛爾咪的意圖了——真是個難懂的傢伙。

這傢伙不停扮黑臉要求「報酬」的理由。

明明有那麼多接下工作的理由，卻刻意裝成壞人的理由。

「一起創作出超有趣的漫畫吧！讓我們超開心地創作吧！一起灌注真心地創作吧！妳繼續這樣忸忸怩怩下去的話就辦不到了！老子會幫助妳的！所以如果不喜歡的話就大聲說不喜歡吧！」

不為別的。

就是為了紗霧。

為了接下來要創作的漫畫，也為了閱讀我們三個人的作品的讀者。

不過，想要讓妖精忌妒，這應該也是真心話吧。

「你們邀請老子『一起創作』的時候……老子真的很開心喔。所以可別讓老子我失望了。」

仔細想想，從一開始就是如此。

她老是引起麻煩的行動動機，總是充滿了愛。

「那……」

情色漫畫老師低著頭小聲說著。

接著突然抬起頭來……

「那麼！我就直說了！」

即使沒有戴耳麥，也大聲地說說著：

「我不想要漫畫化！這是和泉老師跟我……！兩個人所創作的！所以我們兩人的作品……

今後也都會是兩個人一起作！我不需要其他人參與！也不想讓任何人來碰，不管是誰……不管是誰……！」

「……紗霧。」

……妳一直都是這麼想的嗎？

「但是……」

紗霧再次低下頭，並擠出話語。

「但是……」

她用力握拳，並抬起頭來。

「只有我們兩人，是不行的。」

紗霧眼泛淚光說著。

「……『我們的夢想』如果不是大家一起創造就無法達成……從一開始，就是借助許多人的力量……才能走到現在……就算不再是只屬於兩人的夢想……也是無論如何都想要實現的事……所以……那個……想了很多之後……腦袋，一片混亂……胸口也很沉痛……然後……自己也搞不太清楚了……」

「是嗎……」

愛爾咪剛才的嚴厲感，已經消失了。

彷彿就像溫柔的「姊姊」一樣，微笑著傾聽妹妹的煩惱。

「所以……我對於……負責漫畫化的漫畫家，才會有著……無論如何都希望能做到的要求。」

──必須能畫出跟情色漫畫老師相似的畫風，像到本人也看不太出來的等級。

──必須喜歡原作到僅次於情色漫畫老師的程度。

──必須能夠畫出厲害的畫作，可以贏過使出全力的情色漫畫老師。

「其實我很不喜歡……雖然非常不喜歡……但如果以相同夢想為目標，就希望是這樣的人。」

這就是情色漫畫老師耍任性的真相。

這是一起工作的對象所必須承擔的絕對條件。

「嗯，老子明白了。謝謝妳終於肯說出真心話。」

愛爾咪用力點點頭。

「不過，那就沒問題了。老子我可是完全符合妳提出的條件喔。」

她非常堅定地斷言，真是了不起的自信。

「真的是這樣嗎？」

紗霧直視著愛爾咪。

「愛爾咪，我有個很重要的問題。」

「嗯，不管什麼老子都會回答。」

「…………妳真的……真的……很喜歡原作嗎？」

是個非常直截了當的問題。

「喜歡啊，老子我應該說過自己是和泉征宗的大書迷吧。」

「……聽起來像隨口說說的。」

「嗯？」

愛爾咪驚訝地眨了眨眼睛。紗霧像是在斟酌話語般緩緩地說：

「因為愛爾咪以和泉征宗的書迷來說，不過是一日書迷……而且……是個用頭腦思考再作畫的理論派畫家吧。」

「嗯，是沒錯。所以——曾經有段時間無法『用真心畫圖』，而煩惱著自己的成長呢。」

「像這樣感受性弱的人所說的『最喜歡』，我無法相信。」

「老子的『情色漫畫光線』不就能當成最好的證據嗎？」

不是最喜歡的事物——就無法「灌注真心描繪」。

她之前是這麼說的。

「我沒講妳是在說謊。只是要把原作託付給妳的話……總覺得有點不夠……如果真的喜歡和泉老師的話，我希望妳能展現出——自己更加喜歡他的行動。」

「像這樣嗎？」

啾。

愛爾咪探出身體，在我的臉頰上親了一下。

「「啊！啊啊！」」

紗霧&村征學姊產生激烈的動搖。

「看來妳很想被殺掉呢，漫畫家！」

「不是這樣子！不是這樣！不是這樣的！我、我說的……不是和泉老師本人……！嗚嗚嗚嗚！」

「開玩笑的，開玩笑的啦♪對吧，征宗？」

「就、就算是開玩笑也別做這種事──！」

我把手貼在臉頰上，整個人無法動彈。

被親吻的臉頰非常滾燙。

本來愛爾咪完全不會讓我感到心動──但是這招太出乎意料了！

可惡，這讓我臉紅心跳了啦！妳這傢伙……不是只有跟妖精在一起的時候才要這樣嗎！

「感謝你們讓老子看到有趣的反應啊。」

做出意料之外且令人難以置信行為的本人，一臉無所謂的表情。

「哎，就算不開玩笑，也還是很喜歡喔。不管是征宗或是征宗所寫的小說。不過──要好好證明這點的話……嗯唔，該怎麼辦呢……」

愛爾咪把手抵在下巴上，煩惱了一陣子……

最後小聲地說：

「老子我啊，什麼都很喜歡喔。」

她從書架上隨手抽出文庫本，然後注視著它們。

「說到書籍的話，對老子我來說可沒有無聊的書。這個世界上只有『有趣的書』以及『更加有趣的書』而已。」

「！」

聽到愛爾咪的發言，讓村征學姊的眉毛抽動。

「因為到處都沒有有趣的書，所以就自己撰寫」——愛爾咪的那句話，跟學姊的理論剛好完全相反。

「不管是動畫或是繪畫，更進一步來說，這個世界上到處都是美好的事物。天空、星星、音樂、街道、自然、人、動物——老子我全部都喜歡，覺得這一切都太棒了。平凡無奇的老舊大樓也好，小孩子在路邊所畫的塗鴉也好……不管是什麼……沒有任何一樣是不美的……光是從這個陽台眺望夕陽的景色，想必老子就會感動到落淚了吧。」

愛爾咪低著頭，似乎很不好意思地說：

「可是……其他人似乎都無法這麼覺得……也不會像老子所感受到的一樣感動。當老子我覺得『好棒喔、好漂亮啊。』而感動落淚時，大家總是覺得非常不可思議。還說老子是奇怪的小孩，也曾經因此被帶去醫院……從小時候開始，老子我就對這件事一直很不甘心，覺得非常浪費……太家實在太可憐了……」

愛爾咪抬起頭看著紗霧。

「接著老子就開始畫圖了。」

「…………」

紗霧認真聽著師姊所說的話。

「這世界到底有多厲害，老子我要畫成簡單易懂的畫傳達給大家知道……不知不覺中，這就成了老子的夢想。那時真的是拚死拚活地努力練習呢，託這件事的福，技術方面以很快的速度進步……但也就此遇到瓶頸。」

「糟糕！對大家來說的『厲害』到底是什麼，完全搞不懂啊！」

「仔細想想真的是這樣呢！老子我不管看到什麼、聽到什麼或是碰觸到什麼，都只會『超棒的！』、『真的好有趣！』、『好漂亮啊！』而覺得感動。對大家來說的好壞標準老子完全不知道！無法做出那種細微的區別！就是那個，叫什麼啊？客觀的審美觀？總之老子我似乎完全沒有那種東西。就因為這樣，所以才會被在雇主那邊遇到的外行人小鬼講些『完全沒有用真心畫，所以是狗屎。』或是『這張圖無聊到好像是機器畫的一樣。』這種看不起人的話。」

這是之前聽過的妖精與愛爾咪初次見面時的過程吧。

就算再聽一次，妖精果真是個讓人火大的死小鬼耶。是我也會把她踹飛。

「……也就是說，愛爾咪不是感受性弱……」

「而是強過頭了，所以才只能依靠理論來畫圖啊。」

『因為能夠對任何事物感動，所以無法跟任何人共享感動。』

明明應該是個很厲害的才能，卻有如詛咒一樣。

「因為完全無法跳脫瓶頸……所以煩惱了很長一段時間喔。」

「接下來……怎麼了？」

不知不覺間，紗霧非常專注地聽愛爾咪講的話。也許因為是同行又是師姊——再加上境遇相似的關係。

愛爾咪突然遙望遠方，用平穩的語氣說：

「第一個恩人是——」

『有許多喜歡的東西，是很棒的事情喔。這樣吧——妳就從許多的寶物裡頭，把「特別喜歡的」找出來吧……這樣子一定能夠幫助妳的夢想。』

「——她是這麼教導老子的。當時雖然還聽不太懂……不過現在已經稍微能夠理解了。」

「…………」

看來是察覺到這是誰說的話了，紗霧露出小小的微笑。

愛爾咪接著這麼說下去：

「然後啊，第二個恩人對著煩惱的老子講了這些話——」

『妳所畫的這個女孩，感覺不到心靈啊。』

『不過那也沒啥好煩惱的，沒有的話創造出來就好了嘛。』

『就是因為辦不到才煩惱？那樣的話就交給本小姐吧。』

『本小姐來幫妳把畫的圖加上故事！妳所畫的這個女孩，本小姐來幫她灌注生命！』

『就用我們兩人的力量，讓全人類感動落淚吧！』

「就這樣，老子我第一次能夠讓其他人感動。也有人會說『好厲害』跟『很有趣』了。這世界美好之處的片鱗半爪，終於能夠傳達給別人知道了。雖然絕對不是老子我自己一個人的力量……但即使如此……不對，正因為如此，才會這麼開心……現在之所以會像這樣在日本當插畫家，這件事就是契機。」

我雖然沒有像她那樣的藝術才能……但只有一件事非常感同身受。

跟某人一起創作，真的很有趣呢。

有趣到會讓人上癮，再也無法放手。

「好啦，這故事講得比想像中還要久呢。因為實在很丟臉，所以今天結束後就忘掉它吧。」

愛爾咪有點害羞地搔搔臉頰。

「……的確，以和泉征宗的書迷來講，老子我只是個一日書迷。被太多東西所感動的人所說的『有趣』跟『最喜歡』確實也是很淺薄的話語。我非常了解妳不想把重要的原作交給老子的心情……可是啊……」

這時她注視著紗霧的眼睛。

「對老子來說，為故事加上圖畫是『特別喜歡』的事情。把尊敬的師父她的孩子們所創作的『超有趣小說』用自己的雙手畫成漫畫，對老子我來說也是『特別喜歡』的事情喔。這樣子……不行嗎？要託付原作的話……老子的『喜歡』還不足夠嗎？」

「…………………………………………………………」

紗霧經過非常非常漫長的沉默之後——

「跨媒體製作是跟原作的對決對吧。」

她自己伸出右手。

「我絕對不會輸。」

「————」

愛爾咪睜大雙眼，接下來……

「好啊！老子我也不會輸的！」

她用力握緊了紗霧的手。

「既然原作託付給老子了，漫畫版《世界上最可愛的妹妹》已經是老子的作品了。原作的挑戰，我亞美莉亞．愛爾梅麗亞確實接下了！『比原作還要有趣』——老子絕對會創作出最棒的漫畫！」

激出火花，並且握著手的兩人，看起來就像是很要好的姊妹。

情色漫畫老師，還有情色漫畫老師Great。

最強的組合誕生了。

終章

「阿宗，你來得正好。來，快看這個！我最自豪的輕小說專區！」

十二月十日的放學後。

我來到高砂書店。

眼前是輕小說專區。

招牌女店員智惠的推薦書架，高高地聳立於此。

高砂智惠——我的同班同學，也是知道「和泉征宗」真實身分的知音。

她是個一頭豔麗黑髮會給人留下印象的女孩子。

她特別熱愛輕小說，是個每月都要閱讀好幾十本作品的重度讀者。

也是讓附近的輕小說愛好者都很佩服的足立區權威。

封面陳列在推薦作品書架上的智惠輕小說精選，在想要閱讀新的有趣書籍時，總是能夠幫上大忙。

『看在我們朋友一場，把我的書擺到推薦作品的書架上嘛。』

當我這樣請求，她總是用手指打個叉叉……

『不行不行，想被擺在我的推薦專櫃上的話，就快去寫出讓讀者感到扣人心弦的超有趣小說出來吧！』

接著說出這樣的話拒絕。

總有一天，要讓這位朋友說出「好有趣」這句話。並且要讓她拜託我「請讓我把和泉老師的簽名書擺在店裡頭」。

這就是我的目標。

「本週的推薦專櫃，就是你的新作喔！」

「————」

現在，就在我的眼前——目標達成了。

三個月前，九月十日發售的和泉征宗著作的《世界上最可愛的妹妹》第一集。

然後，今天才剛發售的第二集，在推薦專櫃正中央最顯眼的位置封面陳列著。

用手指著我的智惠，看到我僵硬不動的樣子而露出苦笑。

「阿宗，你那是什麼表情啊？」

「沒有，只是嚇了一跳……因為妳對我的小說一直都很嚴苛啊。」

「哈哈哈，因為我是千壽村征老師的書迷嘛。所以你那種風格整個重疊的作品，我實在不覺得有多好看。」

「……唔。」

我的書至今都賣得不怎麼樣的最大原因，就是因為這一點。

「呃……那個……」

智惠輕咳了一聲後，再次開口這麼說：

「和泉征宗老師，新系列作很有趣喔。」

「是、是嗎……？」

這麼一問，智惠立刻綻放出笑容。

「嗯嗯！讓我來評價的話，如果是用戀愛喜劇對決，你就能贏過千壽老師了！」

「有、有那麼好嗎！」

喔，沒想到能獲得那麼高的評價……

「等等要簽本簽名書給我喔♪」

「好、好啊……哈哈，總覺得很不好意思。」

跟工作沒有相關的朋友，閱讀了自己所寫的小說——這實在還挺讓人不好意思的。而且還當面對著自己說「很有趣」這種話，我完全不知道該回些什麼。

「等等，不、不要臉紅啦！這樣會變得連我都覺得不好意思了啊！」

智惠雙手環抱著豐滿的胸部，慌慌張張地搖晃身體。

「對、對了，阿宗。」

她像是要矇混過去般改變話題。

「快看這邊，這邊！」

智惠用手指示著輕小說專區的前方。

那邊有一整面的輕小說新刊擺在那邊平放陳列，但其中只一本大小不同的雜誌混在裡頭。

《月刊漫畫Magical》。

很眼熟的妹妹，以一臉正經的表情出現在封面上。

漫畫版《世界上最可愛的妹妹》第一話刊載在上面。

「恭喜你的新連載！能夠登上封面，這不是很棒嗎！第一話超讚的喔！以輕小說原作的漫畫化來說，這是最高等級的品質耶！」

「謝啦，不過，漫畫版能這麼棒也不是靠我的力量就是了。」

「你又來啦，就是有原作才能有這個漫畫化吧！」

熱愛輕小說的智惠，似乎是這麼想的。

當然這是有各種例子——

但我還是搖搖頭。

「這都是情色漫畫老師與愛爾咪老師努力的功勞。」

「哼嗯，那個『愛爾咪』啊——就是現在最有人氣的插畫家呢，在影片類方面。」

「沒錯沒錯，人氣高到亂七八糟呢。」

「因為那個人負責作畫的關係，所以漫畫版《世界妹》也非常受到矚目，實際上她畫出了品質超高的圖……原來如此，是託愛爾咪老師的福——你會這麼說我大概也能明白了。」

「對吧？」

「不過——情色漫畫老師的功勞是什麼？他明明是原作的插畫家啊。」

「話先說在前頭，這個漫畫化企畫裡頭，畫最多張圖的人可是情色漫畫老師喔。講直接點，他比負責作畫的愛爾咪老師畫得還要多太多了。」

「咦！為什麼？這什麼狀況？」

「不是啦，就是說……情色漫畫老師跟愛爾咪老師，好像把這次的漫畫化當成是『正式對決』了。」

正如各位所知，先挑起這次對決的人雖然是愛爾咪，但是情色漫畫老師也很興高采烈地跟她競爭。

每次的討論會議也都利用Skype參加，並且在「不敞開的房間」直接跟作畫負責人相互爭論……

對於漫畫版的角色設計，她在全力抱怨之後畫出大量的修正案。

漫畫化所需要的作畫資料也不停地創作出來。

她發奮工作到讓我很擔心會不會太過於投入。

——**我不想要漫畫化！**

這明明是紗霧的真心話。

不對，正因為如此……她才會拚命投入其中吧。

為了能夠全力跟一起以相同夢想為目標的「夥伴」對決。

「雖然只能偷偷講……不過漫畫版《世界上最可愛的妹妹》其實有情色漫畫老師自己畫的版本喔。」

「咦！情色漫畫老師還自己畫漫畫嗎？」

「沒錯，她講說『看清楚啊，如果妳不能畫得比這個還有趣，我就要自己擔任作畫啦！』這種話來。眼神超正經的……完全是認真的發言……」

「插、插畫家親自擔任作畫，這不是最強的獲勝模式嗎！……然、然後結果怎麼樣了？」

「徹底被正職漫畫家給打趴在地上了。」

「……唔哇……」

那也是當然的啊！乍看之下雖然很像，但插畫家跟漫畫家可是不同的職業。必要的技術與知識也完全不同，再加上對決的對象是作弊技能全開的愛爾咪老師……是絕對不可能會贏的。

情色漫畫老師被本業技術打得落花流水之後，感到煩躁的愛爾咪老師因為覺得她「竟敢小看漫畫」就用「為何妳的漫畫跟垃圾沒兩樣」為主題對情色漫畫老師展開漫長的說教，整整講了超過三個小時以上。

拜此所賜，情色漫畫老師的漫畫技術也進步了。

就這樣，情色漫畫老師的「自己擔任作畫大作戰」以失敗告終。

「原來如此——這樣子很多疑問就能解釋了。」

智惠拿起雜誌，快速地翻閱。

「愛爾咪老師會用『情色漫畫老師G』的名義來作畫，就是為了要一決勝負啊。」

「就是那樣吧。因為這樣完全就是刻意找碴，讓情色漫畫老師也真的火大了。」

「這本雜誌裡頭，情色漫畫老師不知為何也像是對抗般地刊載了插畫呢。」

「那是因為……」

『漫畫版的卷頭彩頁當然是由我來畫吧！』

『嘿！新連載第一話要登上雜誌封面了！很好，這邊也由我來畫！』

『咦？愛爾咪已經畫好了？這種事情我沒聽說啊！我想要畫啊！』

這傢伙還真會講玩笑話……本來我是這麼想的。

結果她真的畫出來了。

當然這種情況下，情色漫畫老師的插畫不可能成為漫畫的封面。但是那樣很可惜，所以就用『投稿』的方式刊載。

『笨～蛋！為什麼原作插畫家要來畫「老子的漫畫」的封面啊！白～痴白～痴！』

『因為！因為啊！這是「我的角色」啊……！唔唔嗚嗚嗚～～～～～～～～～～～！我要畫封面～～～～～～～！我說要畫就是要畫！』

『原作者！你也來說些什麼啊！快對你這白痴妹妹講些什麼啊！』

如此吵吵鬧鬧的一幕，每次都會重複上演。

「能夠像這樣當成『自己的作品』來看待——對原作者來說，應該很幸福吧。」

「嗯，沒錯。」

我的臉上露出真心的笑容。

能夠創作出最棒的漫畫，都是兩位情色漫畫老師的功勞。

走出高砂書店後，買完東西的我兩手提著超市的袋子急忙趕回家裡。

「唔嗚～～好冷。」

身體忍不住發抖。

這一陣子，關東地區也真的開始變冷了。

走在鎮上，被燈泡彩飾的聖誕樹以及蛋糕的廣告等，都會不斷映入眼簾。

車站前的店舖裡傳出了聖誕節歌曲的聲音……牽著手的親子，開心地討論禮物要選這個比較好還是那個比較好。

「……已經是這個時期啦。」

我呼一口氣吐出白色氣息。

「這幾個月……發生很多事情呢。」

九月是新作的發售日。

接下來立刻就發生情色漫畫老師Great來挑起對決的事件。

情色漫畫老師在跟Great的「剝奪面具生死戰」上漂亮地獲勝——結果為我們的新作引發熱烈的話題。

然後就是出道以來第一次的大量再版！

「哈哈……真是嚇了一大跳呢。」

在那之後就不停重複著銷售一空與再版——現在我們的新作在發售三個月之後，居然已經到第六刷了——不過用這種說法，也許大多數人還是沒什麼實際概念吧。

總而言之，似乎就是賣得非常好就對了。

值得慶賀。

九月下旬決定要進行初次的跨媒體合作，也就是漫畫化。之後雖然為了作畫要找誰擔任而有些爭執……而今天，漫畫版第一話刊載在雜誌上了。

然後就是原作小說的第二集發售！

「值得慶賀的事情不斷發生呢。」

情色漫畫老師

我嘻嘻地露出笑容，抬頭看著冬天的晴空。
沒錯。
今天並不只是——漫畫版與原作小說的發售日。
更加值得慶祝的事情，還有一樣。

今天，十二月十日……………………是紗霧的生日。

——是妹妹的生日。
「很好，快回家吧……！」
我開始猛烈奔跑。
老爸跟媽媽不在了……跟她成為只有兩人的家人之後……
這是「不敞開的房間」開啟以來，第一次迎接「妹妹的生日」。
必須全力以赴為她慶賀才行！只要有我在，就絕不會讓她度過一個寂寞的生日！
沒錯！要辦個驚喜派對！
——雖然我懷抱著無比的熱情，但這個計畫有些小問題。
紗霧是個家裡蹲。
所以派對會場必然會在「不敞開的房間」裡頭。

沒有辦法進行裝飾。

雖說是個家裡蹲，但是等我去學校不在家裡以後，紗霧就會在家裡自由行動吧。這時她就會下到一樓，也會打開冰箱。

簡單說就是——幾乎無法進行事前準備。

而且就算是為了驚喜派對，也不能翹課不去上學。

所以我等到當天放學後，去領取已經訂好的蛋糕，買齊派對料理所需要的材料——所以才會像這樣抱著大包小包的東西走在回家的路上。

「這是只有我們兄妹兩人的慶生會！紗霧！哥哥現在就回去喔！」

雖然是今年最冷的天氣，但內心跟身體都無比熾熱。

「我回來了！」

咚！我猛力地跳進玄關裡。

——哥哥，歡迎回來

要說沒有期待過這種發展，那就是騙人的。

因為上次第一集發售日當天，紗霧有下來到玄關這邊。

「……看來，這次沒有那種劇情發展。」

我、我可沒有因此消沉喔！

我把買回來的食材放進冷藏庫裡頭，接著開始裝飾客廳。

「首先一定要有的就是這個啦！」

我用剪刀把摺紙剪細做成環狀——然後把這些東西掛在房子裡各個地方。

「哼嗯哼嗯哼嗯哼嗯～～♪生日♪愉快開心的生日～～♪掛上裝飾品♪（沒問題！）好好打扮一番♪（沒問題！）把蛋糕、烤、好～～♡（耶～～）來作美味的炒牛蒡吧～～♪」

我一邊唱著老媽直傳的「生日之歌」同時開心地進行作業。

就在這時……

「…………………那個……你在幹嘛啊？」

傳來冷靜的吐嘈聲。

「嗚哇——！」

我嚇到整個人跳起來，急忙轉頭一看……

「妖、妖精？」

站在那邊的，是一臉錯愕的蘿莉塔少女——妖精。

「妳、妳是……什麼時候！妳又擅自跑進來了……！」

「哼，這個家裡的一樓早已經是本小姐的領域了……不過雖然這麼說，今天應該要按電鈴的才對……意外目擊到鄰居奇怪的模樣。」

「唔……」

的確，現在的我從客觀來看應該是很丟臉沒錯。

「你整個人陶醉到輕～～飄飄地唱著電波系歌曲呢。剛才你那樣子，就好像深夜的萌系動畫裡會出現的天然呆系美少女一樣呢。」

「真是討厭的比喻！」

這讓我腦中具體地浮現出好幾個美少女角色了耶！

「你剛才唱的是炒牛蒡之歌嗎？」

「不是！是和泉家一子相傳的『生日之歌』！」

「喔，是喔。」

妖精嘆了口氣，然後重新問說：

「所以……你到底在幹嘛？」

「看了還不懂嗎？當然是慶生會的裝飾啊。」

「不，這看了也知道啦……今天是情色漫畫老師的生日，這本小姐也知道喔。」

奇怪？我有告訴過這傢伙紗霧的生日嗎？

妖精頭上冒出問號符號，不解地側頭問：

「反正派對會場是那孩子的房間吧。因為她是個家裡蹲——這樣子，為什麼還要裝飾客廳呢？」

「因為是慶生會啊。」

我一臉認真地重複這回答。

「這是妹妹變成十三歲的大喜之日耶。把家裡裝飾得漂漂亮亮的，不是很理所當然嗎？」

「原來如此，是自我滿足啊。」

「不要那麼簡潔地一句話總結！」

「不要搞錯嘍，本小姐可沒有要貶低你對妹妹的信仰。畢竟某種層面上來說，所有的宗教都是自我滿足啊。」

「不要把我為妹妹著想的行動說成是宗教啦！」

「就是宗教——教義是對妹妹發萌。現在的你，就是眾多妹教裡其中一個派閥的教主。最近信徒還增加了，太好了呢。」

妖精從包包裡拿出和泉征宗的新刊《世界上最可愛的妹妹》第二集給我看。

「這是本小姐才剛在車站前的書店買下來的喔。」

封面上畫著「戀愛的妹妹」，那是情色漫畫老師使用「情色漫畫光線」所畫出來的圖。

「網路上雖然經常用『充滿靈氣的封面』來作為表現，但這封面真的就是這種感覺！不管有沒有對妹妹發萌的素質，無論是誰看了都會立刻生效的超可愛封面！對封面一見鍾情而將這本書拿起來的讀者，應該能以萬為單位計算吧……先說清楚，這本小姐可沒有誇飾喔。」

「喔、喔喔……」

確實如此，光是瞄一眼就立刻臉紅心跳了——這張妹妹插畫就是如此完美。

能夠讓妖精講到這種程度，真了不起啊……情色漫畫老師。

「呼呵呵……希望你所寫的內容，不要輸給封面就好了呢。」

「唔……竟然講到我的痛處。」

第二集我最擔心的事情，就是這一項啊——和泉征宗所寫的小說配不上插畫，說不定會有這類的評語。

這是插畫家畫出了太過完美的插畫時，才能夠擁有的奢侈煩惱。

「你的文章絕對會被拿來跟封面比較，然後在網路上被痛批一頓喔！就像本小姐一樣！」

「……為什麼妳好像超開心的啊？」

「來吧！和泉征宗！你的新作也開始暢銷了，就讓批評你文章的記事擴散到聯盟行銷式的部落格上，然後咬牙切齒地看著吧！這樣子你才算是以真正的輕小說作家身分，並肩站在本小姐的身邊！」

到這邊來！快到這邊來！

山田妖精大師以帶有瘋狂氣息的笑容對我招手。

「才不要！我絕對不看網路什麼的！我說不看就是不看！」

「沒關係，就算不看網路，想必身邊的人也會很貼心地一個個告訴你吧——就像是最近已經開始知道網路上正流傳著『關於自己的色色傳聞』的小村一樣。」

「犯人主要就是妳吧！妳也差不多一點，不要再把推特的畫面拿給村征學姊看了好嗎！她很可憐耶！」

但不管怎麼講，妖精其實說得沒錯。當作品開始有了人氣之後，不管好壞都會開始在許多地方被討論著——就是這麼一回事。

這是我過去的作家生活裡，所沒有發生過的事情。

像漫畫化這樣……過去沒發生過的事情，接下來還會發生很多很多吧。

「不管發生什麼事，要做的事情都不會改變。」

「哦？」

妖精有如挑釁般笑著，我指著她所拿的《世界妹》。

「那本第二集，我自認為是我目前能寫出來的最高傑作。這樣還不行的話，那也沒辦法。」

或許我以前也講過……當小說的初稿寫完之後，都還要花上幾個禮拜～幾個月的時間進行所謂的「修改作業」。

直到責任編輯還有我自己本身能夠接受為止，得要被退稿個好幾次。為了讓作品變有趣，得不停地修正直到逼近截稿期限為止。這是業餘時代所沒有的工程，總而言之就是辛苦，非常辛苦。如果不順利的話，還會產生想要毀滅編輯部的黑暗衝動。

這是即使經過三年，也是還無法習慣的苦行。

即使如此還是非做不可。

『這樣還不行的話，那也沒辦法。』——為了能夠把這句台詞，發自內心地說出口。

也為了讓自己有所覺悟。只要有了覺悟，不管是變得多麼地消沉，或是超級不甘心地哭泣之

後，都能再度站起來。即使是在地上用爬的，也還是能前進——雖然當然不可能會一點都不痛苦就是了！

「是嗎？」

妖精似乎完全察覺到我的心情。

「那本小姐就滿懷期待地閱讀吧——和泉老師♡」

她似乎很滿足地把我的新刊抱在胸前。

「為了當作你讓本小姐見識到充分覺悟的回禮，就給你一個忠告吧。征宗，現在可不是悠哉地裝飾客廳的時候嘍。」

「嗯？為何？這話什麼意思？」

「你覺得為什麼本小姐會知道情色漫畫老師的生日呢？」

妖精指著天花板。

「今天從中午左右，影片網站上就開始進行『情色漫畫老師的慶生會實況』嘍。」

「————」

我一瞬間無法動彈——

「真的假的！」

接著慌忙地跑出客廳。

「騙人的吧！我都這麼拚命地準備了，結果卻跟我說慶生會已經開始了！這倒底是在開什麼玩笑啊！情色漫畫老師——！」

躂躂躂躂躂！

我衝上階梯——不過中途還是煞車停了下來。

「哎喲……如果正在轉播中的話，那可不能隨便打擾。」

我放棄前往「不敞開的房間」，跟追上來的妖精一起走進自己房間。

啟動電腦，用瀏覽器打開影片網站。

結果——

『情色漫畫老師！生日快樂！』

『恭喜～～』『生日快樂！』『變成幾歲啦？』

『祝你生日快樂！』『我一直都有收看喔』『最喜歡你了！』

祝福的話語，在螢幕上飛舞著。

看來這個「慶生會」是知道紗霧生日的愛爾咪所企畫，然後再邀請情色漫畫老師參加的樣子。

以愛爾咪為首，有許多插畫家都送來了當成生日禮物用的插畫，情色漫畫老師自己也繪製插畫，同時跟觀眾們聊天——
過著看起來非常愉快的生日。
「唉…………什麼嘛。」
我收看著實況轉播……打從心裡放心了。
「會為她……慶祝生日的人，原來有這麼多嘛。」
根本就不可能會是只有兄妹兩人的慶生會。
因為我的妹妹——是這麼地受歡迎啊。
就算是個家裡蹲，就算不去學校，就算是個只要直接面對面，就會變得連話也講不好的傢伙……就算如此，她還是能夠迎接這麼幸福的生日。
真讓我感到自豪……甚至還有點忌妒。
「最近她的影片排名似乎也開始恢復了，看來『大家最喜歡的情色漫畫老師』依然健在呢。」
她像是要安慰我一樣，把手放在我的肩膀上。
妖精把她可愛的臉龐快速地靠過來。
「情色漫畫老師似乎跟同行和粉絲們慶祝生日了……呵呵，征宗！你就跟本小姐一起使出情色漫畫光線吧！」
「情色漫畫光線才不是色色行為的黑話！」

真受不了！當初第一個講這種話的人是誰啊！

「順便問一下，詳情本小姐也不清楚，但實際上到底是哪種行為？」

就是為了學會「情色漫畫光線」的行為。

「……那個……就是……擁、擁抱？」

「咦？只有這樣？」

我刻意講得比較含蓄了。

「還、還會有什麼其他的嗎？」

「因為本小姐目擊到的祕密特訓是…………原來如此，所謂的未完成版就是這麼一回事啊。」

「什麼？」

可以不要好像自己一個人理解了一切的樣子嗎？

妖精的觀察力太過敏銳，所以偶爾就會像這樣。

「依照從愛爾咪那邊聽來的情報，『情色漫畫光線』如果不進行非常刺激的行為，似乎就無法完成喔。」

「這麼說來，紗霧好像也講過這種話……」

比那個還要更刺激的行為……咕嘟。

「本小姐雖然問過愛爾咪『刺激的行為是指什麼？』，但她害羞得不肯告訴我。看來就連她也沒有做過的樣子。」

「妳應該要確實問出來啊！我很在意耶！『真 情色漫畫光線』到底會是什麼樣的色色行為啊！」

「ＯＫ，征宗。你可以回想一下自己剛才說過些什麼話嗎？」

啊！因為太過興奮，所以不禁就……

「如果這是戀愛喜劇的話，今後就會成為很有趣的伏筆吧，不過這可是現實喔，不是輕小說喔。很遺憾地，『真 情色漫畫光線』是不會施展在你身上的。」

「我知道啦！」

竟然刻意提醒我好幾次……！

「唉～～真是的……………………好，來準備慶生會吧。」

我發出嘿咻一聲，站了起來。

「情色漫畫老師好像已經在跟大家一起慶祝了耶。」

妖精發出早就知道的疑問。

「『網路上的大家』可沒辦法端出晚餐或蛋糕吧。」

「炒牛蒡也是？」

「沒錯，炒牛蒡也是。」

雖然頭香就讓給「網路上的大家」了……但有些東西是只有家人才能準備的。

我想，一定有很多是這樣。

「哥哥就是要準備這些喔。」

「是喔。」

妖精滿足地嘻嘻笑著。

「來，這給你。」

她從包包裡拿出包裝得很漂亮的盒子。

「這是？」

「是本小姐送的生日禮物。就由你——交給她吧。」

朋友送的……生日禮物。

這也是跟粉絲們的祝福一樣……是哥哥所無法準備的事物。

接下來度過一段準備慶生會的時間。不只是客廳，就連「不敞開的房間」的門扉也被加上裝飾。還準備了寫上「生日快樂」的留言板。

「仔細想想，把家裡裝飾一下這主意其實不壞嘛。」

妖精沒幫什麼忙，只是看著我準備。

「本小姐的話，會特別在意有沒有『包含心意地幫本小姐慶生』。」

「妳是這麼想的？不會強迫對方給妳慶賀嗎？」

「那孩子的話，沒問題的吧。」

如果是平常的妖精，就是個會在料理等方面，奮力展現自己的女子力的傢伙。可是今天卻完全交給我處理，只帶了禮物過來，似乎不打算參加派對。

……她是判斷這樣比較好，並且顧慮到我們吧。

「本小姐的生日，你也要慶祝到相同程度喔。」

就這樣──

到了晚上，現在我在「不敞開的房間」裡跟妹妹面對面。

桌子上擺著我親手做的料理還有蛋糕。

「情色漫畫老師」的慶生會雖然早已經結束了……

但是「紗霧」的慶生會現在才要舉行。

就當成是這樣了。

「──然後啊，有個看了我的轉播，然後就開始畫圖的……人。這個人啊……今天……在我生日時畫圖給我喔。開始畫圖大概一年左右，就已經進步好多……嚇了我一跳。一定經過了許多的……練習吧。因為我進行實況的關係，現在……才有這張圖……總覺得，好不可思議……我好像，做了比想像中還厲害的事情……嘿嘿。」

「這樣啊。」

沒錯吧，根本沒有什麼不厲害的事情喔。

熱愛著全世界的某人，一定會笑著這麼說吧。

「還有，愛爾咪她畫了《世界妹》的新角色。可是她以獨自的見解改變了角色設計……但是大家卻都給予好評……讓人有點生氣。」

「我也有看到，不過我覺得那樣子其實也不錯。」

「我也是這麼想，所以才會生氣啊。唔嗚嗚……哥哥都不懂！」

「啊，是那樣子啊──抱歉抱歉。當然，我比較喜歡妳畫的喔。」

「哼……人家才不要你這樣安慰。」

「我也不是特地講來安慰妳的啊，這是真心話喔。」

「算了，還有，還有──」

紗霧一直忘我地說著今天發生的事情。

大家怎麼樣為她慶祝生日……又笑、又發脾氣、又是驚訝──她一邊說著，表情也不停地變化著。

「…………………」

我的夢想，又實現了一個。

「真是的，你有好好在聽嗎？……哥哥？……………你在哭嗎？」

我笑著用袖子擦拭眼角，像要矇混過去地說：
「都是因為妳太彆扭了，讓哥哥感到好哀傷。」
像這樣跟家人一起圍在餐桌旁——已經相隔多久了呢？
一起吃棉花糖的時候，雖然也很很感動……但今天……不行了，完全無法忍耐。
做好餐點一起吃，聊些平凡的話題，偶爾還會吵架。
就只是這樣稀鬆平常的小事，卻是如此地難能可貴。
直到失去為止，都沒有意識到。
有家人在，真是件好事。真的……光是在身邊就很幸福……要是不在的話，好寂寞。
「……對、對不起……那個……我不是……」
「笨蛋，開玩笑的啦。」
我摸摸妹妹的頭。
「咦？咦？」
紗霧眨眨眼睛，臉變紅了。
「我今天也發生很多事情喔。」
我拿出智慧手機，讓紗霧看某張照片。
「想說要讓妳也看看，所以就請她讓我拍下來了。這是我一個家裡開書店的朋友，在輕小說賣場作了個《世界上最可愛的妹妹》的專區。這作品的漫畫化也開始進行，所以很有氣勢，讀完之後也覺得很有趣——她是這麼說的。」

「……喔……」

照片上是穿著圍裙的智惠，她在輕小說賣場擺出V字手勢。

「這傢伙叫智惠，她是村征學姊的書迷，所以一直以來都給予我的小說很嚴苛的評價。就算拜託她，也不肯把我的作品擺在推薦專櫃上。可是那個智惠，這次卻說我的作品『很有趣』喔！哈哈！讓我忍不住就擺出勝利動作了！」

以實力將嚴苛的評價扭轉過來，真的很棒。棒透了。

妖精老師的話就會講些「活該！」「認輸了吧！」之類的話，全力地誇耀勝利吧。

我雖然不會講到那種地步，但果然還是很開心呢。

「這個書店店員……胸部好大……你們是什麼關係？」

「就說是同班的朋友啦！那會有什麼其他的關係！」

「哼～～～～～～～～～～～嗯。」

「那、那個！還有啊——」

接著，我把從「紗霧的朋友」寄放在我這邊的生日禮物交給她。

「這是妖精送妳的。」

「——」

剛才還翻白眼看著我，臉上寫著「居然慌忙地改變話題」的紗霧，現在睜大了眼睛。

「……怎麼了？整個人都僵住了。」

「……那個……呃……因為，沒有預料到。」

「？」

「……朋友……會送……禮物。」

「啊。」

因為沒有預料到會從朋友那裡收到禮物，所以嚇了一跳。

自己是個家裡蹲——明明就不曾走出房間……

我覺得自己的翻譯能力也漸漸變得熟練了，實際上如何呢？

「……不知道該露出什麼表情才好……很困擾。」

紗霧縮起身體，並低下頭，

「自然點不就好了嗎？——來，打開看看吧。」

「嗯、嗯嗯。」

唰，紗霧把包裝得很漂亮的小盒子打開。

從裡頭拿出來的，是色彩豐富的蠟筆。盒子上畫著妖精的小說《爆炎的暗黑妖精》的女主角們，這是角色周邊商品。

「哇啊……」

「真的有耶～～這種讓人搞不太懂的角色周邊！」

居然拿自己著作的商品當成禮物……這傢伙膽量還真大。

不過，該說不愧是她嗎……這選擇還滿不錯的吧。

「因為紗霧很喜歡畫畫用的工具嘛。」

「嗯，很喜歡……我會好好地使用這些。」

紗霧疼惜般地緊緊抱住蠟筆。

太好了……！妖精，看來她很高興喔！我好羨慕啊！

「還有喔——這是惠送妳的。」

「小惠送的？」

「是啊是啊，她是在實況轉播途中過來的，所以沒讓她跟妳見個面……不過明天她還會再過來。為了跟妳說聲『生日快樂』。」

「是、是嗎……為什麼有兩份禮物？」

紗霧頭上浮現出問號，比較著兩份禮物的外觀。

一個是薄薄的包裝，另一個則是接近正方形的盒子。

「這個比較薄的，她說是班上同學們送妳的。」

當我這麼說著的時候，紗霧小心地拆開包裝。

從裡頭出現的——

「…………………………嗚哇。」

就是所謂的紀念留言板。

『和泉同學，生日快樂。』『第三學期要來學校喔。』『大家一定可以很要好的。』『大家都在等妳喔。』——……………

「……………」

紗霧的表情瞬間變得陰沉。

喂！惠惠！妳在某種層面上還真是帶了個充滿破壞力的禮物來耶！

不去上學的人的心情，最不了解的人就是妳啦！

「別、別在意……打起精神來把另一個盒子打開看看如何？這好像是——惠個人送給妳的喔。」

「……………」

紗霧淚眼汪汪地把「惠送的禮物」打開。

這邊放著的，是小小隻的……

「……兔子的……布偶。」

這是完全命中紗霧喜好的禮物。

「……好可愛。」

看吧，心情變好了。

「唔～～為什麼惠知道紗霧妳的喜好呢？」

「……大概是……進到我房間的時候……到處觀看，所以察覺到了……」

除此之外也想不到其他可能性。

——成為朋友的訣竅，最重要的就是要好好了解對方。

我撤回前言，惠惠好強。不愧是擁有五百位朋友的人。

這下糟了。

妖精跟惠都成功地討到紗霧的歡心。

早知如此——……………應該一開始就交給她才對。

「……哥哥？」

「啊……嗯，那個……」

我把「某樣東西」藏在身後，腦袋拚命想說些機靈的話出來。

不行……想不到！

「紗霧——這是我送的禮物！」

我一口氣把禮物遞出去。

因為太過緊張，所以沒有好好看著她的臉。紗霧似乎是收下它了，禮物的觸感從我手中消失。接下來就聽見拆開包裝的唰唰聲。

「…………………………」

「哥哥……這是，什麼？」

我終於把視線轉回紗霧身上，用手指搔搔臉頰。

「……這是『和式棉襖』喔。」

「……我第一次看到。這裡頭有棉花……輕飄飄的。」

「是、是嗎？天氣冷的時候，妳就把這個穿在家居服外頭……這樣就……不會感冒了……以前，老媽到了這個季節經常會自己縫製……但我做不出來……所以就用買的……那個……看起來很土，真抱歉。」

「……這樣？」

紗霧輕巧地把和式棉襖穿上。

「————」

「……如何……呢？會很土嗎？」

「不……很適合喔。雖然不知道這麼說，妳會不會感到高興就是了。」

因為一心一意只想著不要讓妹妹冷到，所以就選了裡頭棉花多，重視機能的種類。

嬌小的紗霧披上我選的棉襖後，該怎麼形容……變得圓滾滾了。

就好像……變胖的小貓一樣。

不，這樣很可愛喔。超像小動物的所以很可愛喔！

可是就算要恭維，也很難說這衣服是很講究的設計。

所以實在不清楚她到底會不會喜歡。

「好溫暖。」

穿上和式棉襖的紗霧，露出輕柔的微笑。

「……………真的，好開心。」

「祝妳十三歲生日快樂，紗霧。」

「……嗯……也恭喜……和泉老師，新刊發售。」

「嗯。那個，不管是新刊或是漫畫版都是靠妳做出許多努力，才能順利發售的喔。」

「……嗯……這也……沒什麼值得……一提的……因為都是第一次的經驗……所以給愛爾咪，還有和泉老師……添了……許多麻煩。」

「哈哈，確實是有很多次失控了呢。」

「……因為……那個是……………呼啊。」

「無論如何，已經順利迎接發售日到來，告一個段落了。」

「…………………唔……嗯…………………」

「然後啊！紗霧——…………紗霧？」

「…………」

妹妹搖搖晃地——

接著就好像開關被關掉一樣地倒下。

「喂、喂喂……哎呀。」

總算在倒下前把她的身體支撐住。

呼，我鬆了口氣。

「……這次她一直……很努力呢……事情告一段落後……看來就放鬆了呢。」

我小心地不吵醒妹妹，輕輕將她抱起。

好輕。她一直用這麼嬌小、輕盈的身體……用盡全力和我一起工作。

畫出讓許多人們感動的圖。

明明那麼討厭漫畫化……

明明是個重度的家裡蹲，還又超級怕生……

卻還是是跟愛爾咪正面進行「正式對決」。

雖說是師姊，但她光是跟不認識的人直接見面就很辛苦了吧。

討論了很多，雙方意見還互相衝突……

這到底會對內心造成多大負擔呢？

光是踩地板，已經算是好不容易才能做到的溝通手段，在現實中還無法好好跟人說話的那個妹妹……真虧她能夠撐到現在。

即使如此，也絕對不代表她的症狀已經復原。

所以我才會想慰勞她。

她終究還是以家裡蹲的身分，來完成自己的工作。

「妳啊……真是個厲害的傢伙。」

我讓體力耗盡而睡著的妹妹睡到床上，並為她蓋上毛毯。

輕輕地拍拍毛毯之後……

「辛苦妳了，情色漫畫老師。」

後記

各位好，我是伏見つかさ。非常感謝大家，把《情色漫畫老師》第四集拿在手上。第三集的後記裡頭，我寫了「如果方便的話，還請告訴我各位覺得那一集最有趣」這段話，因此獲得了許多的回應。

原本預料應該會集中到其中一集，結果大家的意見卻完美地分散開。

如果第四集能讓各位讀者們覺得有趣程度不輸給前幾集，我會非常開心。

雖然終究只是預定，但第五集我打算撰寫「戀愛喜劇的必備橋段」。還請各位敬請期待。

老實說，我很不擅長寫後記。因為是喜劇作品的後記，總覺得應該要寫些有趣的事情，但這真的非常困難。

雖然撰寫「有趣的角色」是我的工作，但我自己卻不是個有趣的傢伙呢，每當撰寫後記時都會有這樣的實際感受。

能夠寫出有趣後記的作家們，真的都很厲害……！

後記

後記是作者能夠將自己的話語傳達給讀者們的寶貴機會。

雖然寫不出有趣的事情，但這次至少讓我對大家表達感謝之意。

真的非常感謝各位，願意閱讀這本書。

二〇一五年一月　伏見つかさ

情色漫畫老師

國家圖書館出版品預行編目資料

情色漫畫老師. 4, 情色漫畫老師VS情色漫畫老師G / 伏見つかさ作；蔡環宇譯. -- 初版. -- 臺北市：臺灣角川, 2015.12
面；　公分

譯自：エロマンガ先生. 4, エロマンガ先生VSエロマンガ先生G
ISBN 978-986-366-862-6(平裝)

861.57　　　　104023044

Kadokawa
Fantastic
Novels

情色漫畫老師 4
情色漫畫老師VS情色漫畫老師G

（原著名：エロマンガ先生 4 エロマンガ先生VSエロマンガ先生G）

2015年12月26日 初版第1刷發行
2023年10月2日 初版第6刷發行

作者：伏見つかさ
插畫：かんざきひろ
日版設計：伸童舍
譯者：蔡環宇

發行人：岩崎剛人
總編輯：蔡佩芬
副總編輯：朱哲成
設計指導：陳晞叡
印務：李明修（主任）、張加恩（主任）、張凱棋
發行所：台灣角川股份有限公司
地址：104台北市中山區松江路223號3樓
電話：（02）2515-3000
傳真：（02）2515-0033
網址：www.kadokawa.com.tw
劃撥帳戶：台灣角川股份有限公司
劃撥帳號：19487412
法律顧問：有澤法律事務所
製版：尚騰印刷事業有限公司
ISBN：978-986-366-862-6